殷紂妲己

妲己者殷紂之妃也嬖幸于紂〻材力過人手格猛獸智足以距諫辯足以飾非矜人臣以能高天下以聲以為人皆出已之下好酒淫樂不離妲己妲己之所譽貴之妲己之所憎誅之作新淫之聲北鄙之舞靡〻之樂收珍物積之于後宮諛臣群女咸獲所欲積糟為丘流酒為池懸肉為林使人裸形相逐其間為長夜之飲妲己好之百姓怨望諸侯有畔者紂乃為炮烙之法膏銅柱加之炭令有罪者行其上輒墮炭中妲己乃笑比干諫曰不修先王之典法而用婦言禍至無日紂怒以為妖言妲己曰吾聞聖人之心有七竅于是剖心而觀之囚箕子微子去之武王遂受命興師代紂戰于牧野紂師倒戈紂乃登廩臺衣寶玉衣而自殺于是武王遂致天之罰斬妲己頭懸于小白旗以為亡紂者是女也書曰牝雞無晨牝雞之晨惟家之索詩云君子信盜亂是用暴匪其止共維王之邛此之謂也

頌曰

妲己配紂　惑亂是修　紂既無道　又重相謬

指笑炮炙　諫士刳囚　遂敗牧野　反商為周

周幽褒姒

褒姒者童妾之女周幽王之后也初夏之衰也褒人之神化為二龍同于王庭而言曰余褒之二君也夏后卜殺之與去莫吉卜請其漦藏之而吉乃布幣焉龍忽不見而藏漦櫝中乃置之郊至周莫之敢發也及周厲王之末發而觀之漦流于庭不可除也王使婦人裸而譟之化為玄蚖入後宮〻之童妾未毀而遭之既笄而孕當宣王之時產無夫而乳懼而棄之先是有童謠曰檿弧箕服寔亡周國宣王聞之後有人夫妻賣檿弧箕服之器者王使執而戮之夫妻夜

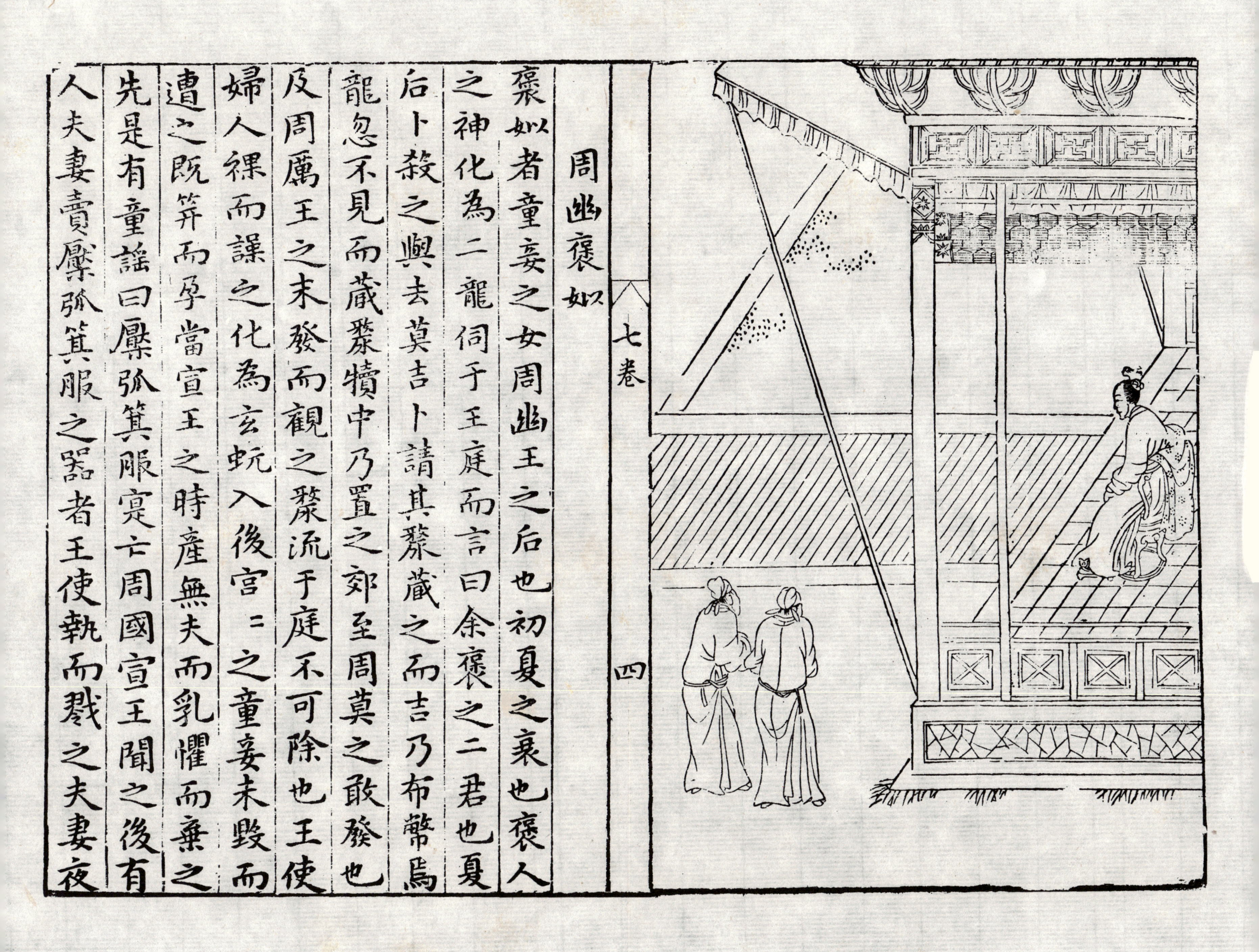

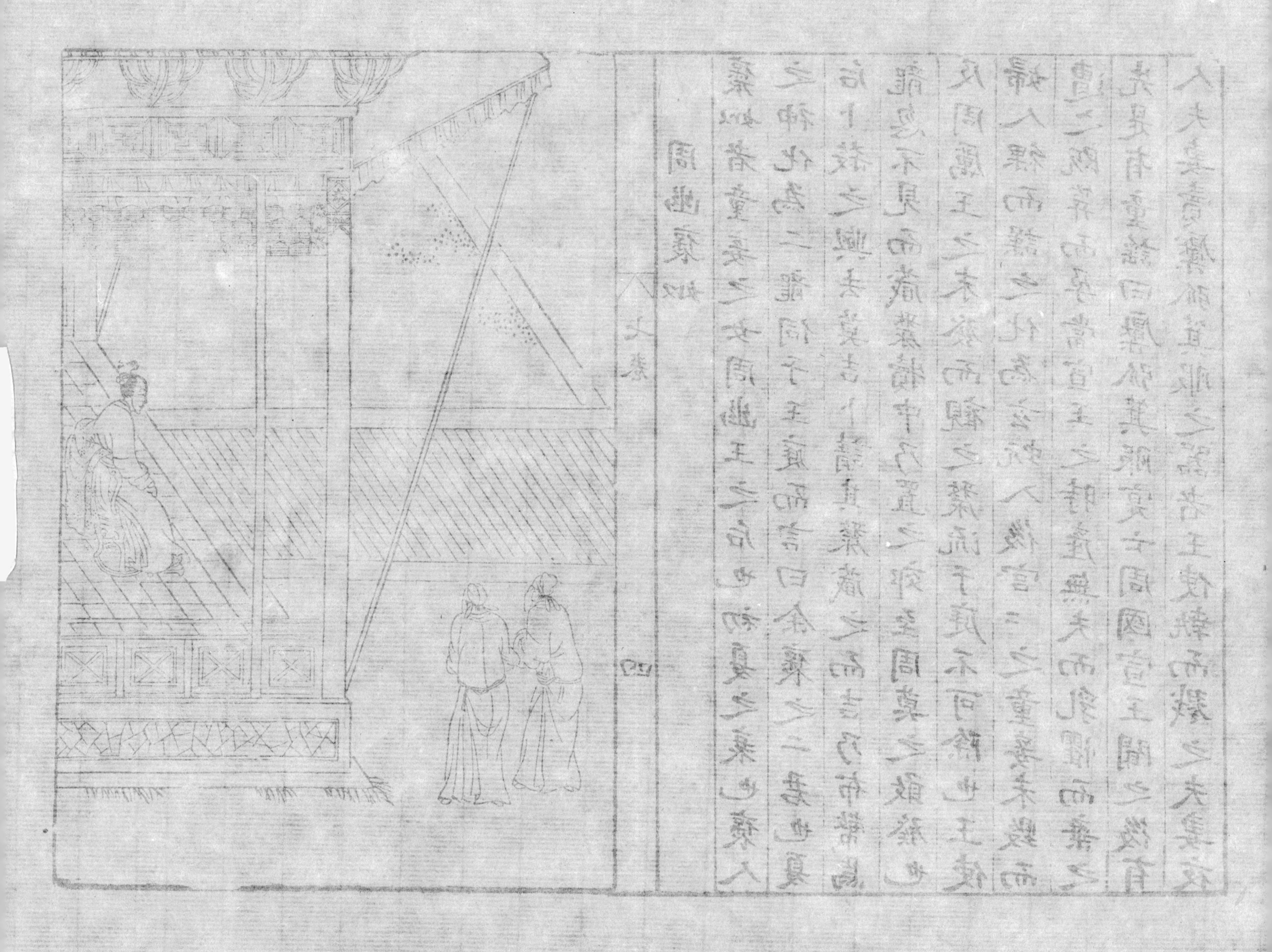

臼顧刻皆咎

沉黄刻流
繼作續

逃聞童妾遭棄而夜號哀而取之遂竄于褒長而美好褒人姁有獄獻之以贖幽王受而嬖之遂釋褒姁故號曰褒姒既生子伯服幽王乃廢后申侯之女而立褒姒為后廢太子宜臼而立伯服為太子幽王惑于褒姒出入與之同乘不恤國事驅馳弋獵不時以適褒姒之意飲酒沉湎倡優在前以夜繼晝褒姒不笑幽王乃欲其笑萬端故不笑幽王為熢燧大鼓有寇至則舉諸侯悉至而無寇褒姒乃大笑幽王欲悅之數為舉燧火其後不信諸侯不至忠諫者誅唯褒姒言是從上下相諛百姓乖離申侯乃與繒西夷犬

戎共攻幽王幽王舉熢燧徵兵莫至遂殺幽王于驪山之下虜褒姒盡取周賂而去于是諸侯乃即申侯而共立故太子宜臼是為平王自是之後周與諸侯無異詩云赫赫宗周褒姒滅之此之謂也

頌曰

褒神龍變　寔生褒姒　興配幽王　廢后太子
舉烽致兵　笑寇不至　申侯伐周　果滅其祀

衛宣公姜

宣姜者齊侯之女衛宣公之夫人也初宣公夫人夷姜生伋子以為太子又娶于齊曰宣姜生壽及朔夷姜既死宣姜欲立壽乃與壽弟朔謀構伋子公使伋子之齊宣姜乃陰使力士待之界上而殺之曰有四馬白旄至者必要殺之壽聞之以告太子曰太子其避之伋子曰不可夫棄父之命則惡用子也壽度太子必行乃與太子飲奪之旄而行盜殺之伋子醒求旄不得遽往追之壽已死矣伋子以壽為已死乃謂盜曰所欲殺者乃我也此何罪請殺我盜又殺之二

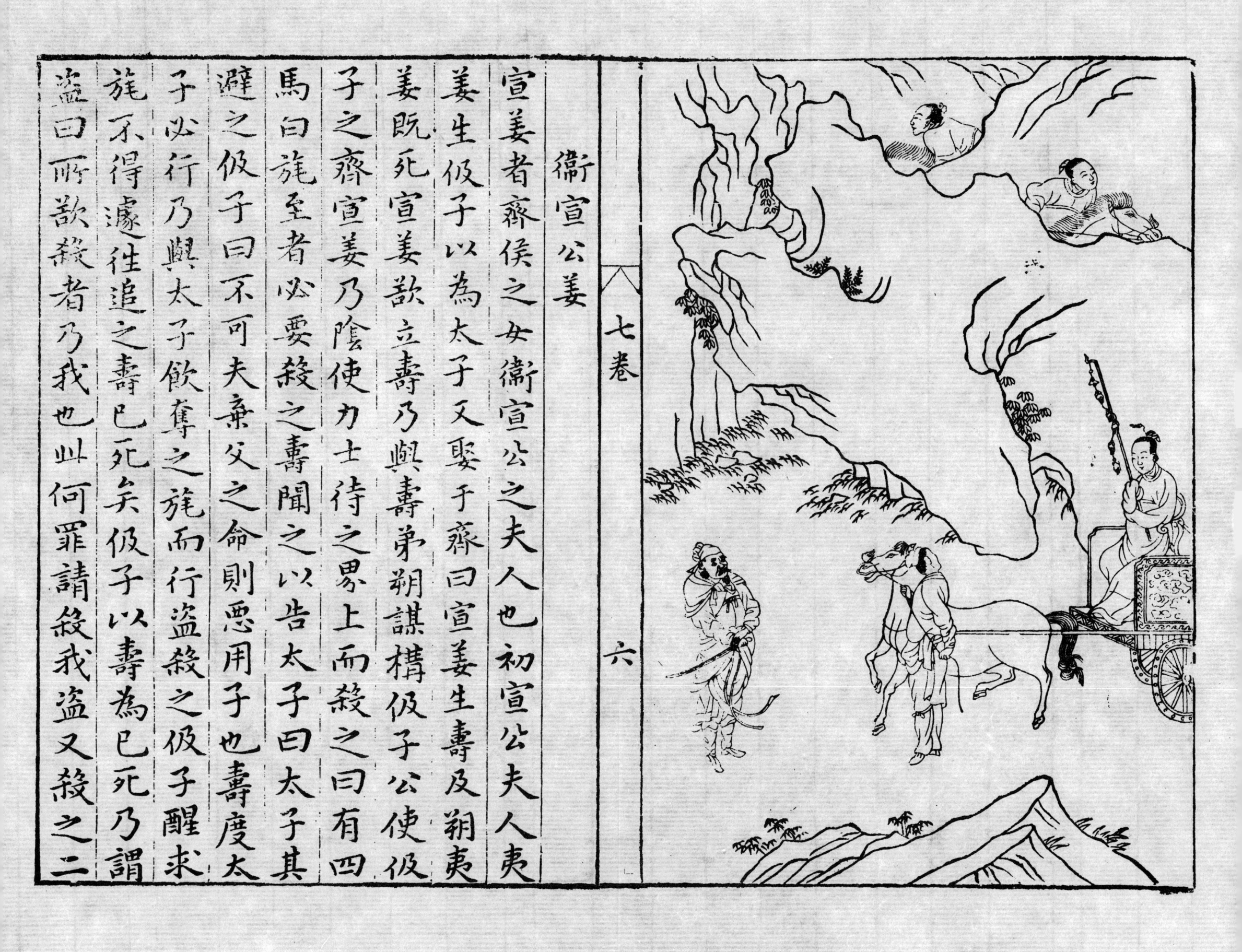

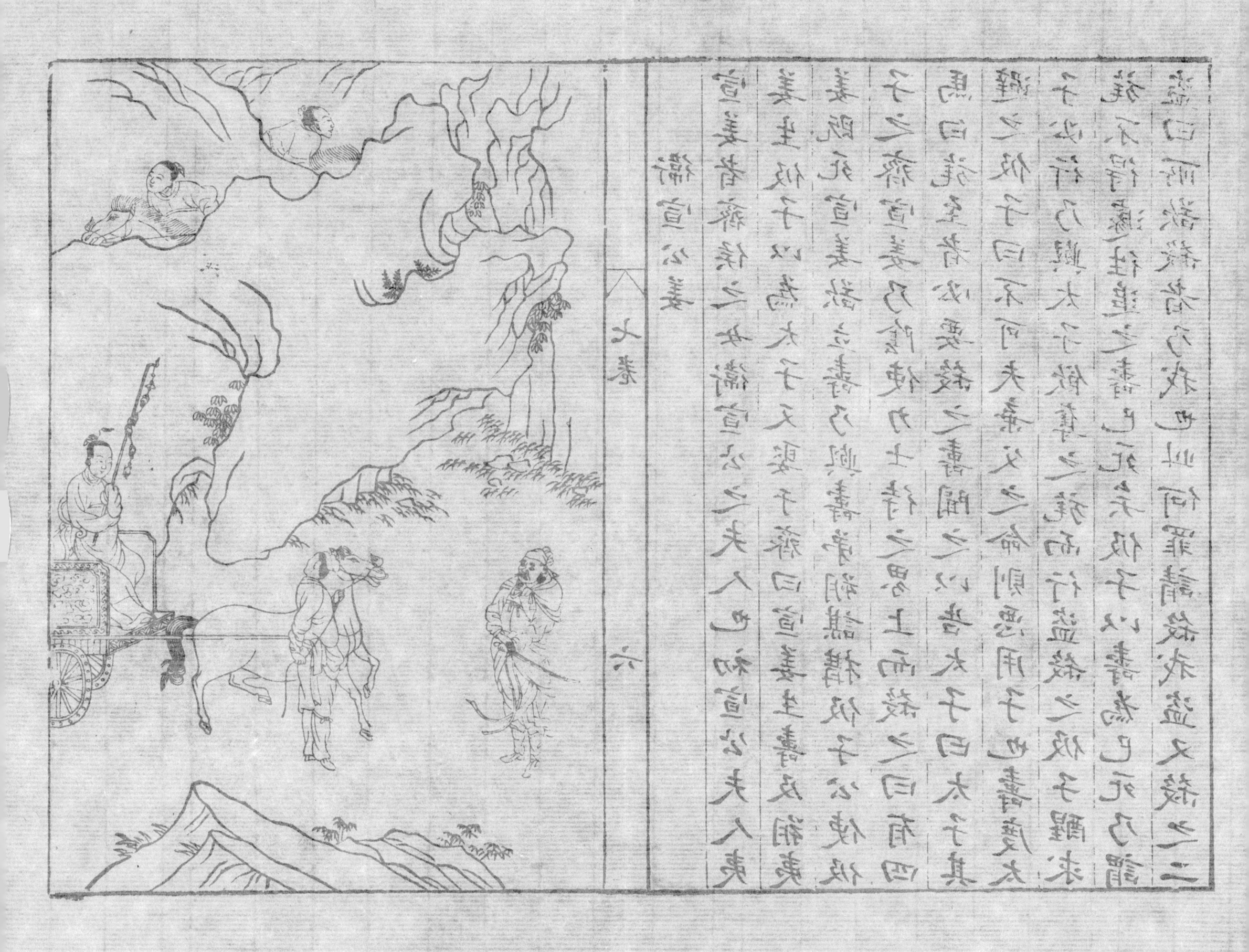

子既死朔遂立為太子宣公薨朔立是為惠公竟終無後亂及五世至戴公而後寧詩云乃如之人德音無良此之謂也

頌曰

衛之宣姜　謀危太子　欲立子壽　陰設力士

壽乃俱死　衛果危殆　五世不寧　亂由姜起

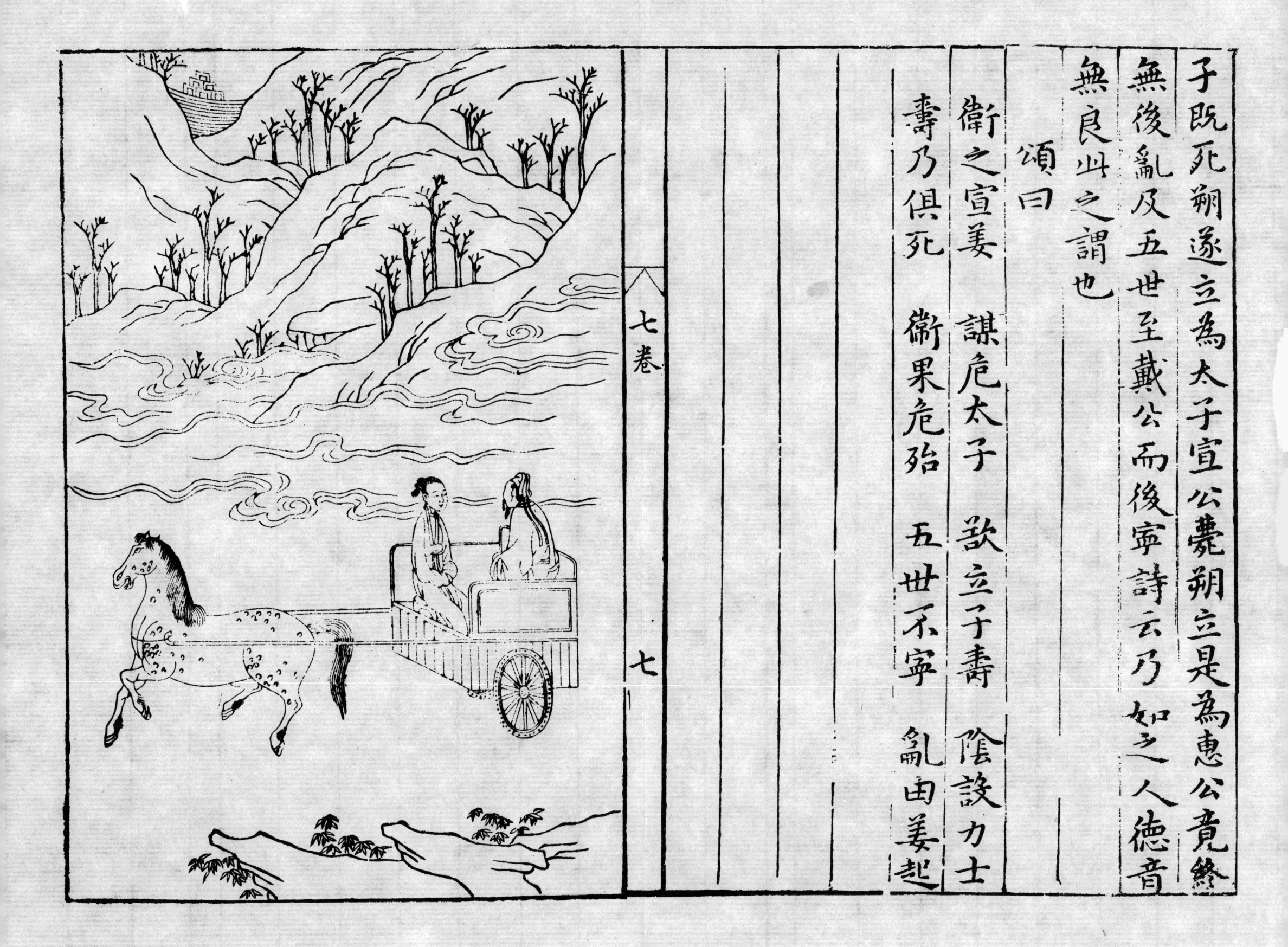

魯桓文姜

文姜者齊侯之女魯桓公之夫人也內亂其兄齊襄公桓公將伐鄭納厲公既行與夫人俱將如齊也申繻曰不可女有家男有室無相瀆也謂之有禮易此必敗且禮婦人無大故則不歸桓公不聽遂與如齊文姜與襄公通桓公怒禁之不止文姜以告襄公襄公享桓公酒醉之使公子彭生抱而乘之因拉其脅而殺之遂死于車魯人求彭生以除恥齊人殺彭生詩曰亂匪降自天生自婦人此之謂也

頌曰

文姜淫亂　配魯桓公　與俱歸齊　齊襄淫通
俾厥彭生　摧幹拉胷　維女為亂　卒成禍凶

魯桓文姜

文姜者齊侯之女魯桓公之夫人也內亂其兄齊襄公桓公將伐鄭納厲公既行與夫人俱將如齊也申繻曰不可女有家男有室無相瀆也謂之有禮易此必敗且禮婦人無大故則不歸桓公不聽遂與如齊文姜與襄公通桓公怒禁之不止文姜以告襄公襄公享桓公酒醉之使公子彭生抱而乘之因拉其脅而殺之遂死于車魯人求彭生以除恥齊人殺彭生

詩曰亂匪降自天生自婦人此之謂也

頌曰

文姜淫亂　配魯桓公　與俱歸齊　齊襄淫通
俾厥彭生　攝幹拉胸　維女為亂　卒成禍凶

魯莊哀姜

哀姜者齊侯之女莊公之夫人也初哀姜未入時公數如齊與哀姜淫既入與其弟叔姜俱公使大夫宗用幣見大夫夏甫不忌曰婦贄不過棗栗以致禮也男贄不過玉帛禽鳥以彰物也今婦贄用幣是男女無別也男女之別國之大節也無乃不可乎公不聽又丹其父桓公廟宮之楹刻其桷以夸哀姜哀姜驕淫通于二叔公子慶父公子牙哀姜欲立慶父莊公薨子般立慶父與哀姜謀遂殺子般于黨氏立叔姜之子是為閔公閔公既立慶父與哀姜淫益甚又與

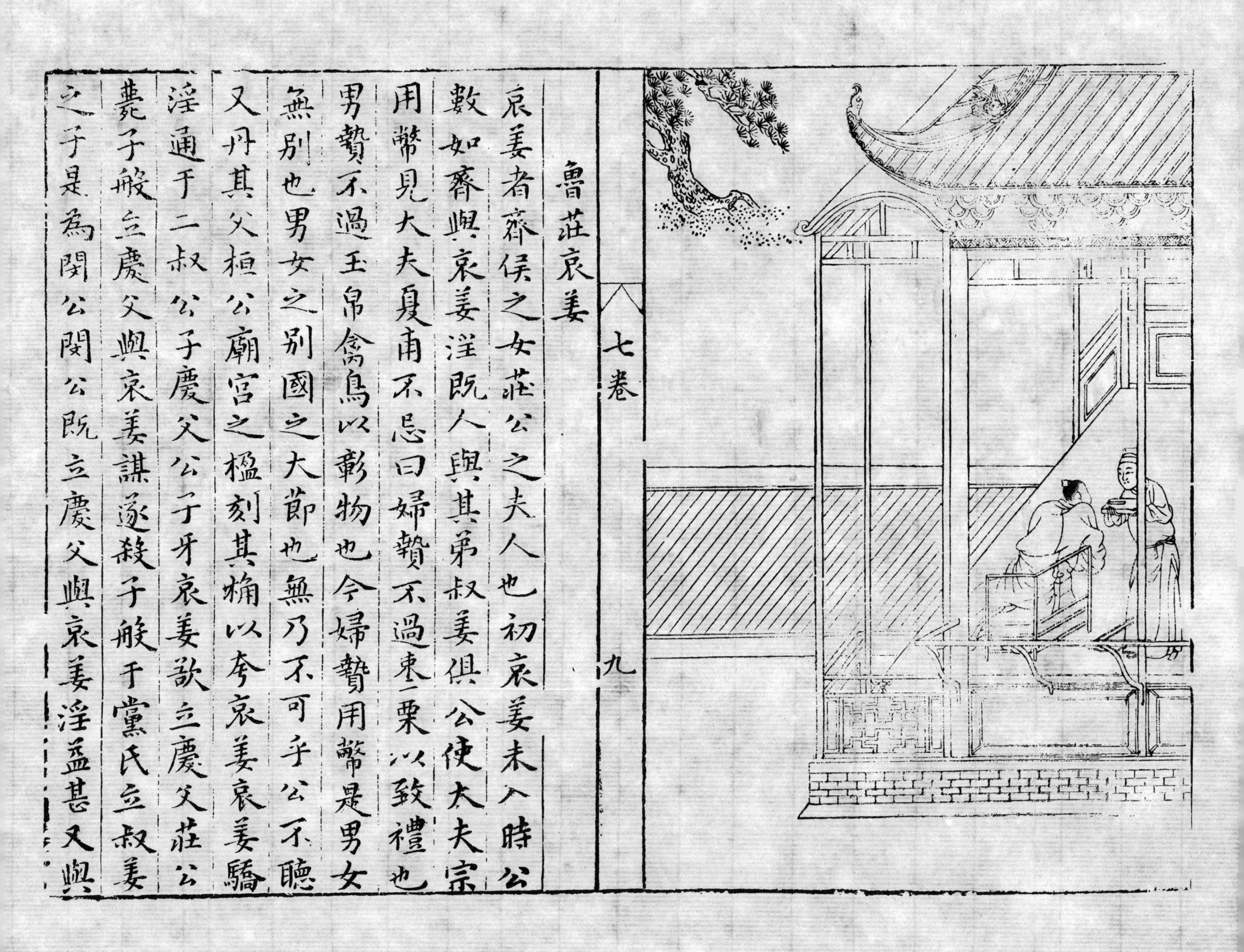

慶父謀殺閔公而立慶父遂使卜齮襲弒閔公于武闈將自立魯人謀之慶父恐奔莒哀姜奔邾齊桓公立僖公聞哀姜與慶父通以危魯乃召哀姜酖而殺之魯遂殺慶父詩云啜其泣矣何嗟及矣此之謂也

頌曰

哀姜好邪　淫于魯莊　延及二叔　驕妒縱橫
慶父是依　國適以亡　齊桓征伐　酖殺哀姜

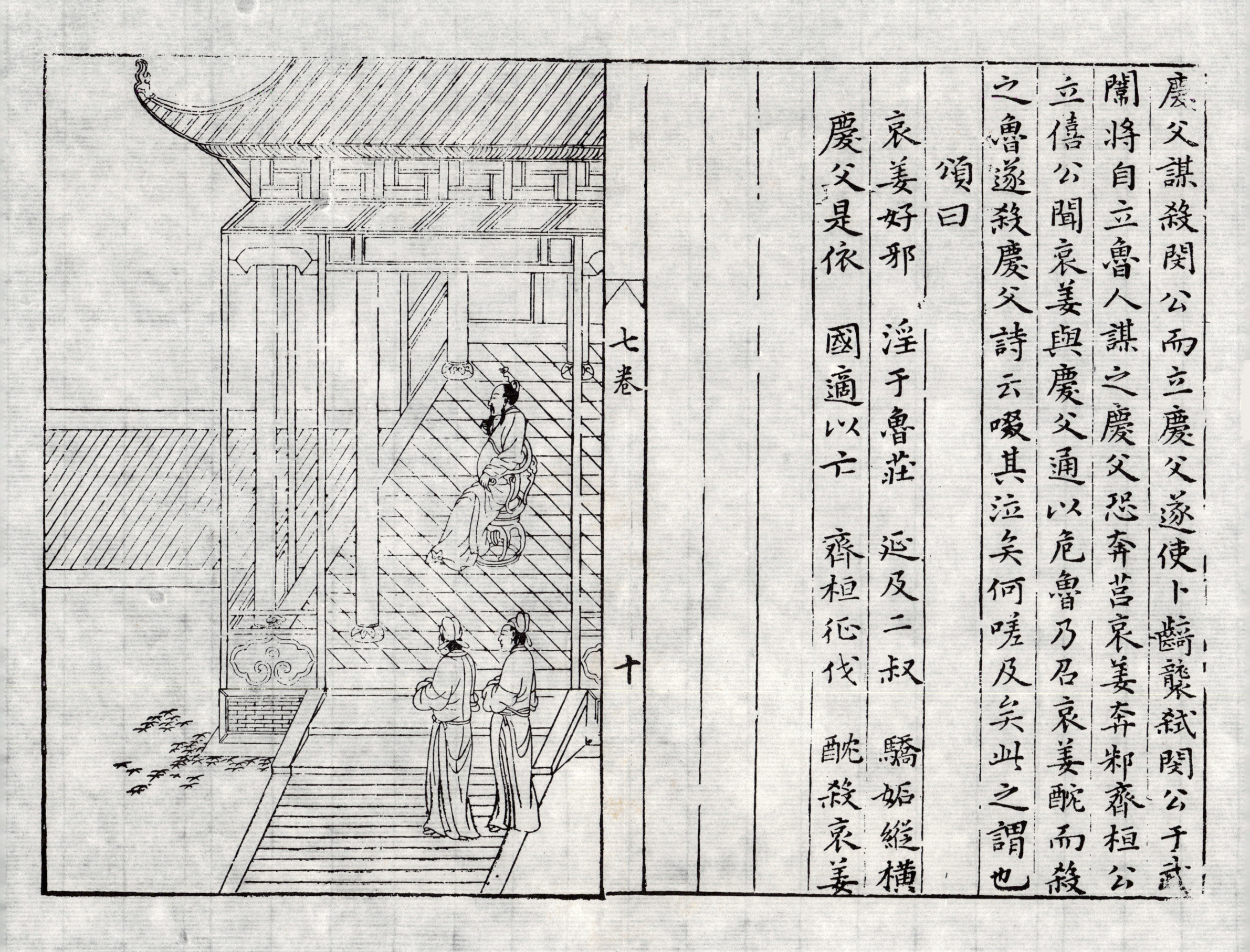

容字刻用

晉獻驪姬

驪姬者驪戎之女晉獻公之夫人也初獻公娶于齊生秦穆夫人及太子申生又娶二女于戎生公子重耳夷吾獻公伐驪戎克之獲驪姬以歸生奚齊卓子驪姬嬖于獻公齊姜先死公乃立驪姬以為夫人驪姬欲立奚齊乃與弟謀曰一朝不朝其閒容刃逐太子與二公子而可閒也于是驪姬乃說公曰曲沃君之宗邑也蒲與二屈君之境也不可以無主宗邑無主則民不畏邊境無主則開寇心夫寇生其心民慢其政國之患也若使太子主曲沃二公子主蒲與二

晉獻二字刻空

屈則可以威民而懼寇矣遂使太子居曲沃重耳居蒲夷吾居二屈晉獻驪姬既遠太子乃夜泣公問其故對曰吾聞申生為人甚好仁而強甚寬惠而慈于民今謂君惑于我必亂國無乃以國民之故行強于君君未終命而殁君其柰何胡不殺我無以一妾亂百姓公曰惠其民而不惠其父乎驪姬曰為民與為父異夫殺君利民民孰不戴苟父利而得寵除亂而衆說妾不欲馬雖其愛君欲不勝也若紂有良子而先殺紂毋彰其惡鈞死也毋必假手於武王以廢其祀自吾先君武公兼翼而楚穆弒成此皆為民而不

僻親君不早圖禍且及矣公懼曰柰何而可驪姬曰君何不老而授之政彼得政而治之殆將釋君乎公曰不可吾將圖之由此疑太子驪姬乃使人以公命告太子曰君夢見齊姜亟往祀焉申生祭于曲沃歸福于絳公田不在驪姬受福乃寘鴆于酒施毒于脯公至召申生將胙驪姬曰食自外来不可不試也覆酒于地地墳申生恐而出驪姬與犬犬死飲小臣小臣死之驪姬乃仰天叩心而泣見申生哭曰嗟乎國子之國子何遲為君有父恩忍之况國人乎弒父以求利人孰利之獻公使人謂太子曰爾其圖之太傅

里克曰太子入自明可以生不則不可以生太子曰吾君老矣若入而自明則驪姬死吾君不安遂自經于新城廟公遂殺少傅杜原款使閹楚刺重耳重耳奔狄使賈華刺夷吾夷吾奔梁盡逐群公子乃立奚齊獻公卒奚齊立里克殺之卓子立又殺之乃戮驪姬鞭而殺之于是秦立夷吾是為惠公惠公死子圉立是為懷公晉人殺懷公于高梁立重耳是為文公亂及五世然後定詩曰婦有長舌惟厲之階又曰哲婦傾城此之謂也

頌曰

驪姬繼母　惑亂晉獻　謀譖太子　毒酒為權
果弒申生　公子出奔　身又伏辜　五世亂昏

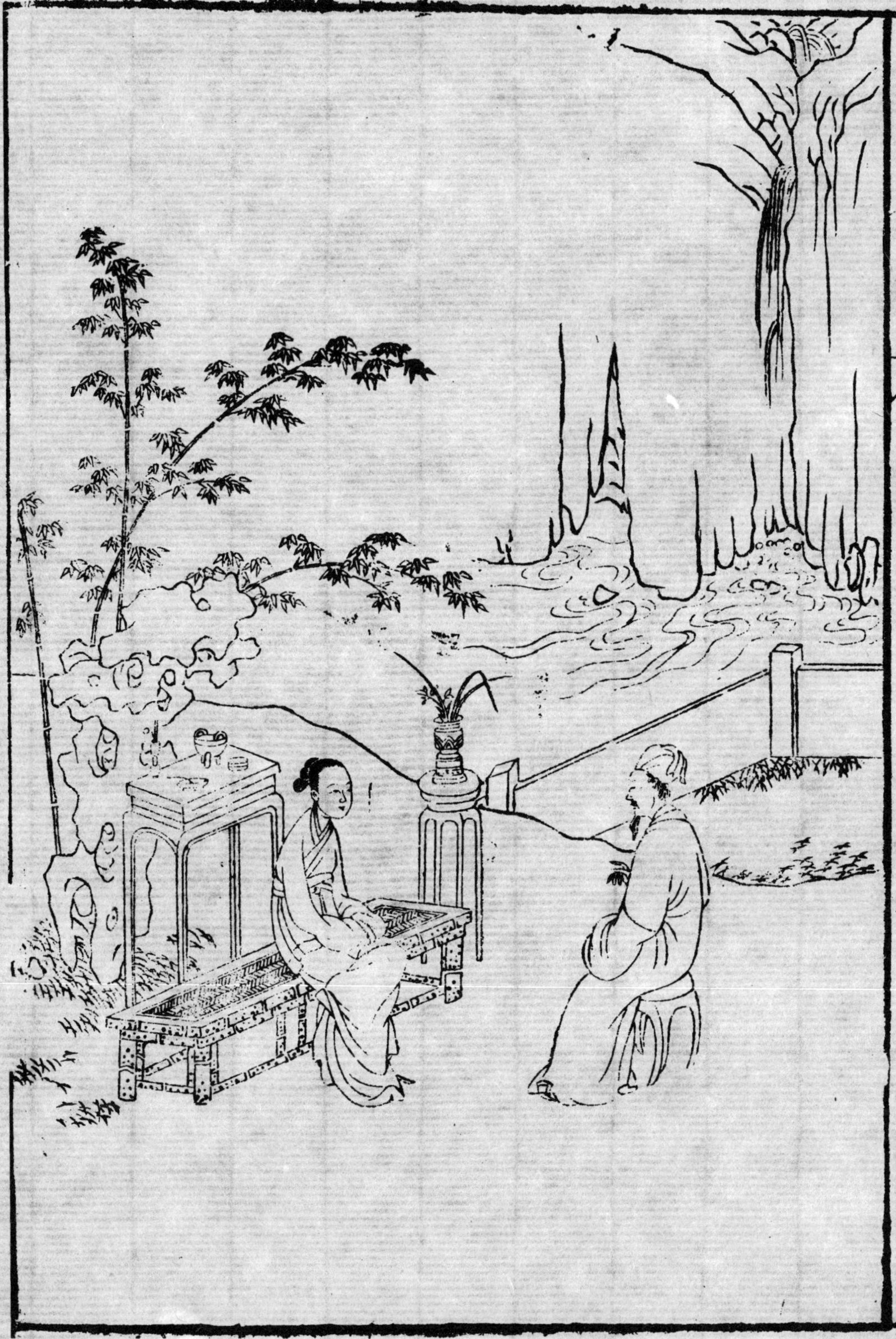

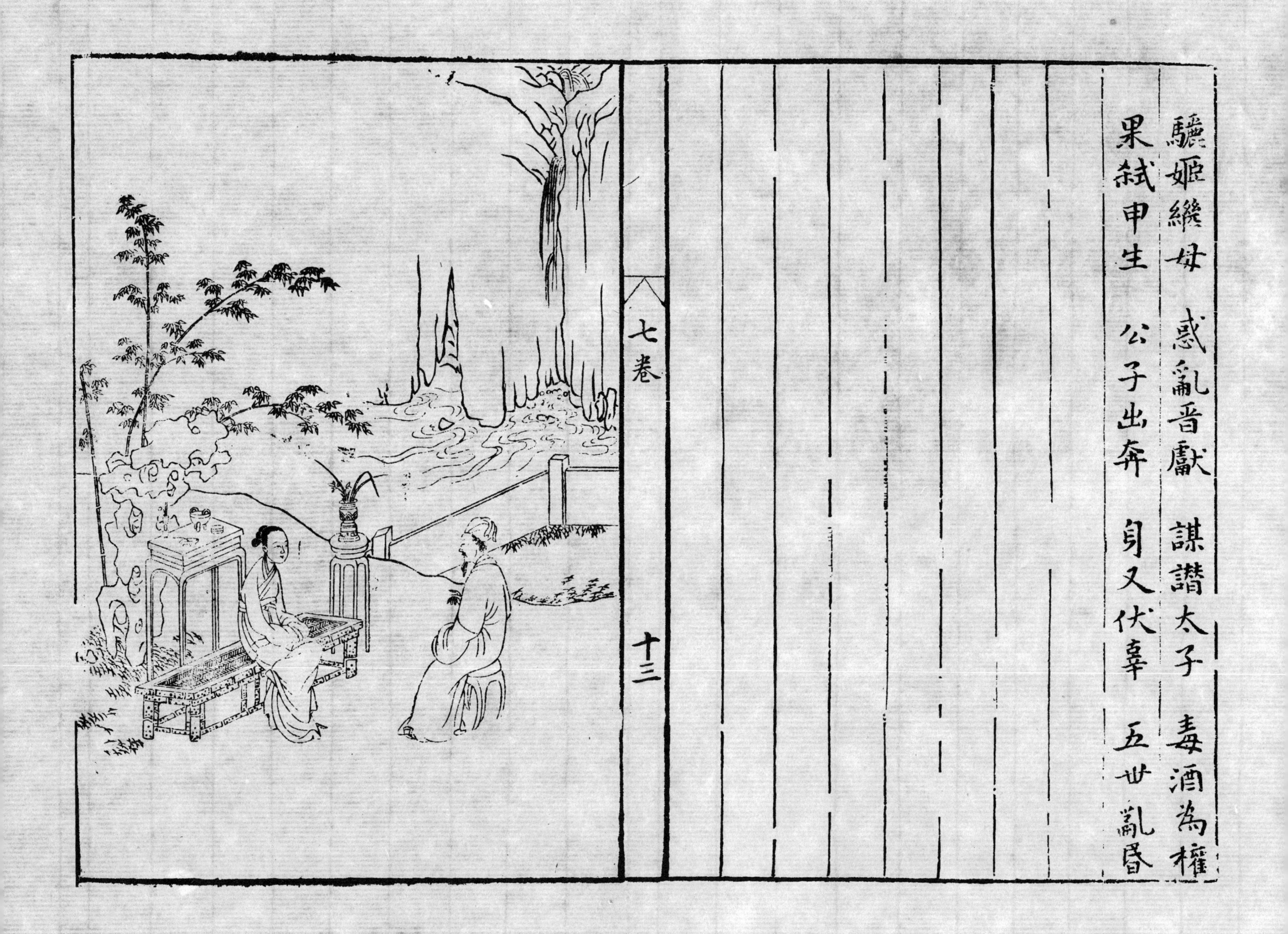

魯宣繆姜

繆姜者齊侯之女魯宣公之夫人成公母也聰慧而行亂故謚曰繆初成公幼繆姜通于叔孫宣伯名喬如喬如與繆姜謀去季孟而擅魯國晉楚戰于鄢陵公出佐晉將行姜告公必逐季孟是背君也公辭以晉難請反聽命又貨晉大夫使執季孫行父而止之許殺仲孫蔑以魯士晉為內臣魯人不順喬如明而逐之喬如奔齊魯遂擯繆姜于東宮始往繆姜使筮之遇艮之六史曰是謂艮之隨隨其出也君必速出姜曰亡是于周易曰隨元亨利貞無咎元善之長也

亨嘉之會也利義之和也貞事之幹也終故不可誣也是以雖隨無咎今我婦人而與于亂固在下位而有不仁不可謂元不靖國家不可謂亨作而害身不可謂利棄位而放不可謂貞有四德者隨而無咎我皆無之豈隨也哉我則取惡能無咎乎必死于此不得出矣卒薨于東宮君子曰惜哉繆姜雖有聰慧之質終不得掩其淫亂之罪詩曰士之耽兮猶可說也女之耽兮不可說也此之謂也

頌曰

繆姜淫泆　宣伯是阻　謀逐季孟　欲使專魯

既廢見擯 心意摧下 後雖善言 終不能[illegible]

冶誤刻治
下同

陳女夏姬

陳女夏姬者大夫夏徵舒之母也其狀美好無匹内挾技術蓋老而復壯者三為王后七為夫人公侯爭之莫不迷惑失意夏姬之子徵舒為大夫公孫寧儀行父與陳靈公皆通于夏姬或衣其衣以戲于朝泄治見之謂曰君有不善子宜掩之今自子率君而為之不待幽閒於朝廷以戲士民其謂爾何二人以告靈公靈公曰衆人知之吾不善無害也泄治知之寡人恥焉乃使人徵賊泄治而殺之靈公與二子飲於夏氏召徵舒也公戲二子曰徵舒似汝二子亦曰不若其似公也徵舒疾此言靈公罷酒出徵舒伏弩廄門射殺靈公公孫寧儀行父皆奔楚靈公太子午奔晉其明年楚莊王舉兵誅徵舒定陳國立午是為成公莊王見夏姬美好將納之申公巫臣諫曰不可王討罪也而納夏姬是貪色也貪色為淫淫為大罰願王圖之王從之使壞後垣而出之將軍子反見美又欲取之巫臣諫曰是不祥人也殺御叔弒靈公戮夏南出孔儀喪陳國天下多美婦女何必取是子反乃止莊王以夏姬與連尹襄老襄老死於邲亡其尸其子黑要又通于夏姬巫臣見夏姬謂曰子歸我將聘

汝及恭王即位巫臣聘于齊盡與其室俱至鄭使召夏姬曰尸可得也夏姬從之巫臣使介歸幣於楚而與夏姬奔晉大夫子反怨之遂與子重滅巫臣之族而分其室詩云乃如之人兮懷婚姻也大無信也不知命也言嬖色殞命也

頌曰

夏姬好美　滅國破陳　走二大夫　殺子之身

殆誤楚莊　敗亂巫臣　子反悔懼　申公族分

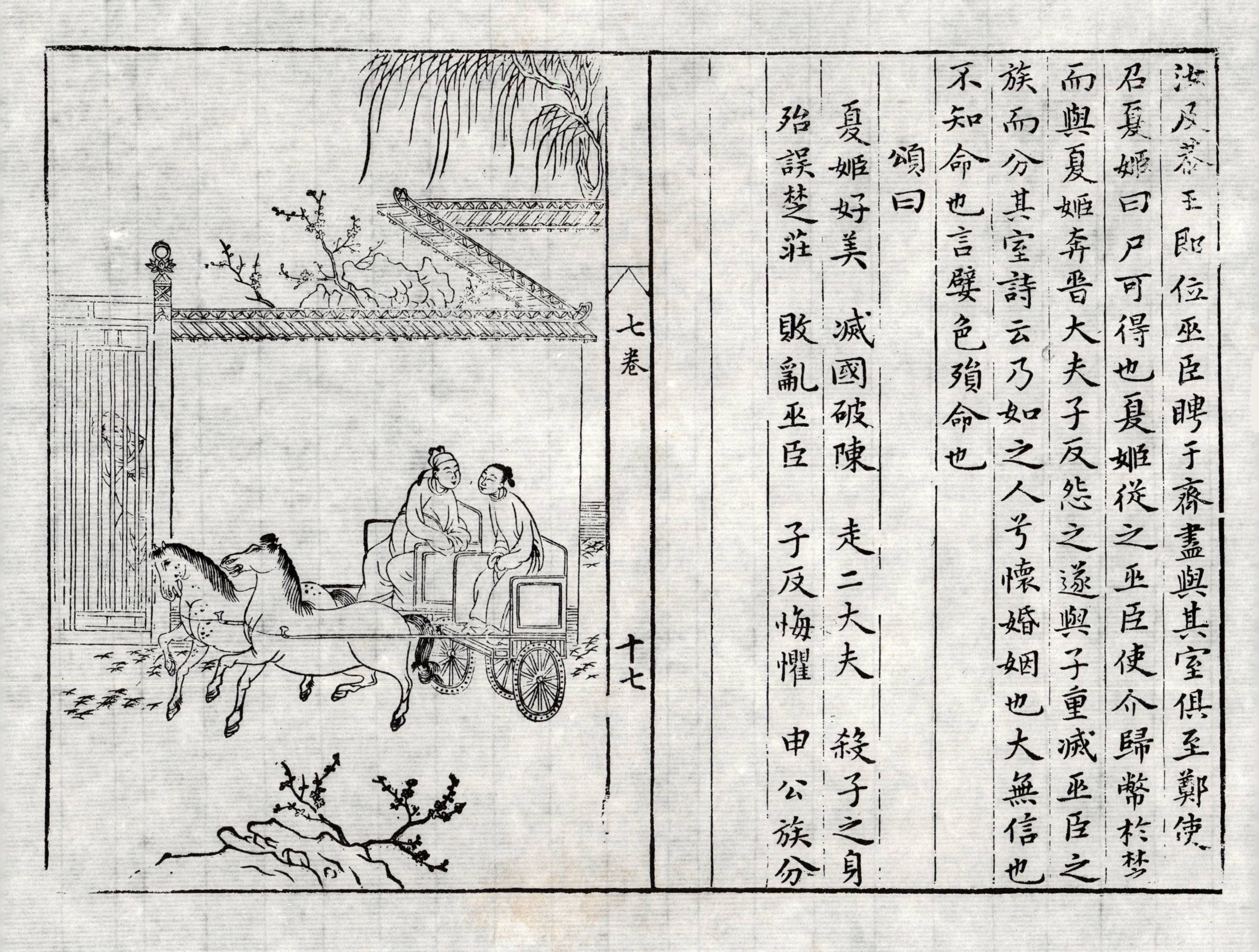

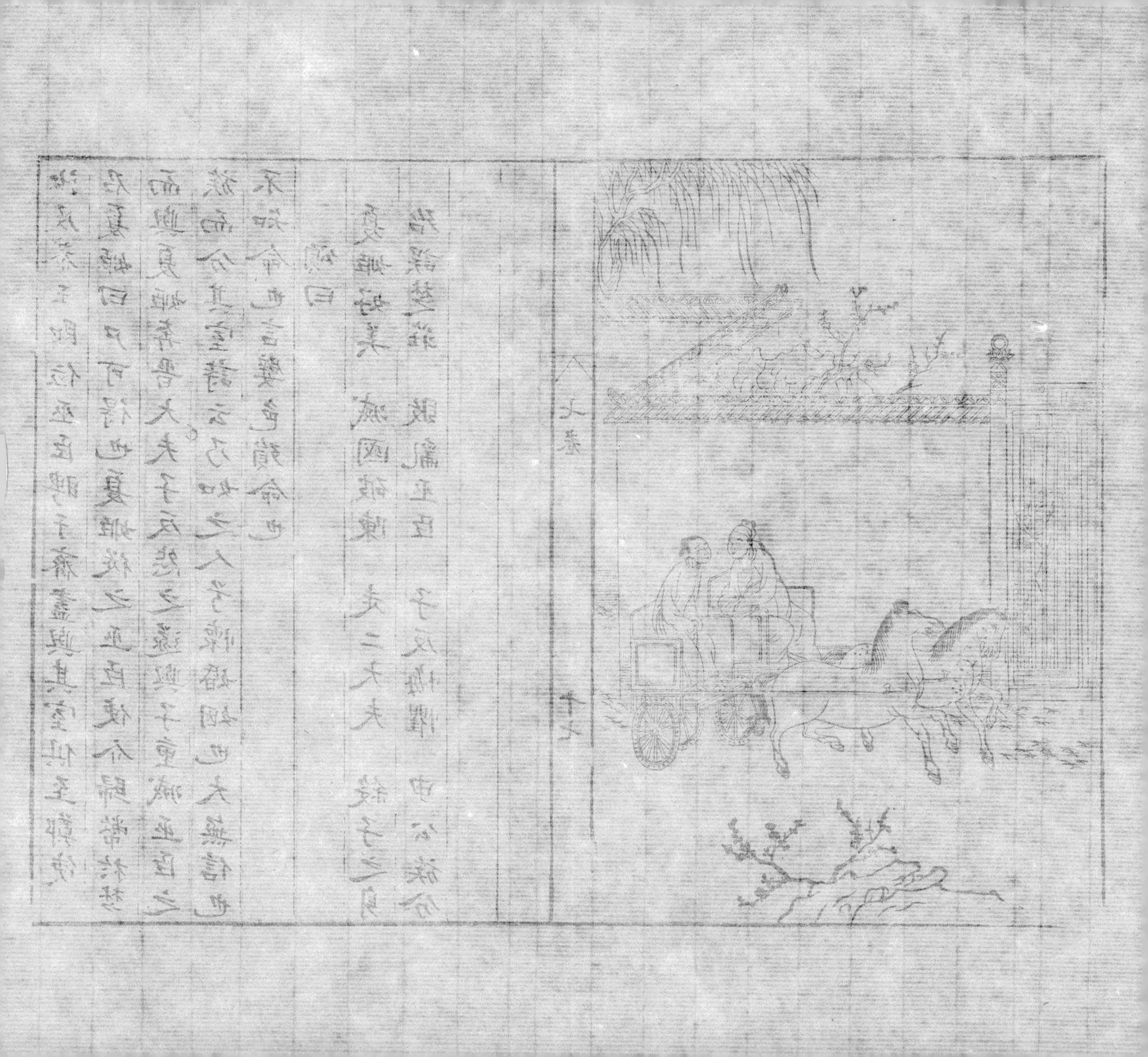

佐遂複刻二人
杼作杼

齊靈聲姬

聲姬者魯侯之女靈公之夫人太子光之母也號孟子淫通于大夫慶尅與之蒙衣乘輦而入于閎鮑牽見之以告國佐國佐召慶尅將詢之慶尅久不出以告孟子曰國佐非我孟子怒時國佐相靈公會諸侯于柯陵高子鮑子處內守及還將至閉門而索客孟子訴之曰高鮑將不內君而欲立公子角國佐知之公怒刖鮑牽而逐高子國佐佐遂奔莒更以崔杼為大夫使慶尅佐之乃帥師圍莒不勝國佐使人殺慶尅靈公與佐盟而復之孟子又愬而殺之及靈公薨

高鮑皆復遂殺孟子齊亂乃息詩云匪教匪誨時維婦寺此之謂也

頌曰

齊靈聲姬　厥行亂失　淫于慶尅　鮑牽是疾
譖愬高鮑　遂以奔亡　好禍用亡　亦以事喪

娣列作姊

齊東郭姜

齊東郭姜者棠公之妻齊崔杼御東郭偃之娣也美而有色棠公死崔子弔而説姜遂與偃謀娶之既居其室比于公宮莊公通焉驟如崔氏崔子知之異日公以崔子之冠賜侍人崔子慍告有疾不出公登臺以臨崔子之宮由臺上與東郭姜戲公下從之東郭姜奔入戶而閉之公推之曰開余東郭姜曰老夫在此未及收髮公曰余聞崔子之疾也不聞崔子與姜自側戶出閉門聚衆鳴鼓公恐擁柱而歌公請于崔氏曰公知有罪矣請改心事吾子若不信請盟崔子

曰臣不敢聞命乃避之公又請于崔氏之宰曰請就
元君之庙而死焉崔氏之宰曰君之臣杼有疾不在
侍臣不敢聞命公踰墻而逃崔氏射中公踵公反墮
遂弑公先是時東郭姜與前夫子棠毋咎俱入崔子
愛之使為相室崔子前妻子二人大子城少子彊及
姜入後生二子明成成有疾崔子廢成而以明為後
成使人請崔邑以老崔子哀而許之棠毋咎與東郭
偃争而不與成與彊怒將殺之以告慶封慶封齊
大夫也陰與崔氏争權欲其相滅也謂二子曰殺之
于是二子歸殺棠毋咎東郭偃于崔子之庭崔子怒

愬之于慶氏曰吾不肖有子不能教也以至于此吾
事夫子國人之所知也唯辱使者不可以已慶封乃
使盧蒲嫳師徒衆與國人焚其庫廄而殺成彊崔氏
之妻曰生若此不若死遂自經而死崔子歸見庫廄
皆焚妻子皆死又自經而死君子曰東郭姜殺一國
君而滅三室又殘其身可謂不祥矣詩曰枝葉未有
害本寔先敗此之謂也

頌曰

齊東郭姜　崔杼之妻　惑亂莊公　毋咎是依
禍及明成　爭邑相殺　父母無聊　崔氏遂滅

衛二亂女

衛二亂女者南子及衛伯姬也南子者宋女衛靈公之夫人通于宋子朝太子蒯聵知而惡之南子讒太子于靈公曰太子欲殺我靈公大怒蒯聵奔宋靈公薨蒯聵之子輒立是為出公衛伯姬者蒯聵之姊也孔文子之妻孔悝之母也悝相出公文子卒姬與孔氏之豎渾良夫淫姬使良夫于蒯聵蒯聵曰子苟能內我于國報子以乘軒免子三死與盟許以姬為良夫妻良夫喜以告姬姬大悅良夫乃與蒯聵入舍孔氏之圃昏時二人蒙衣而乘遂入至姬所已食

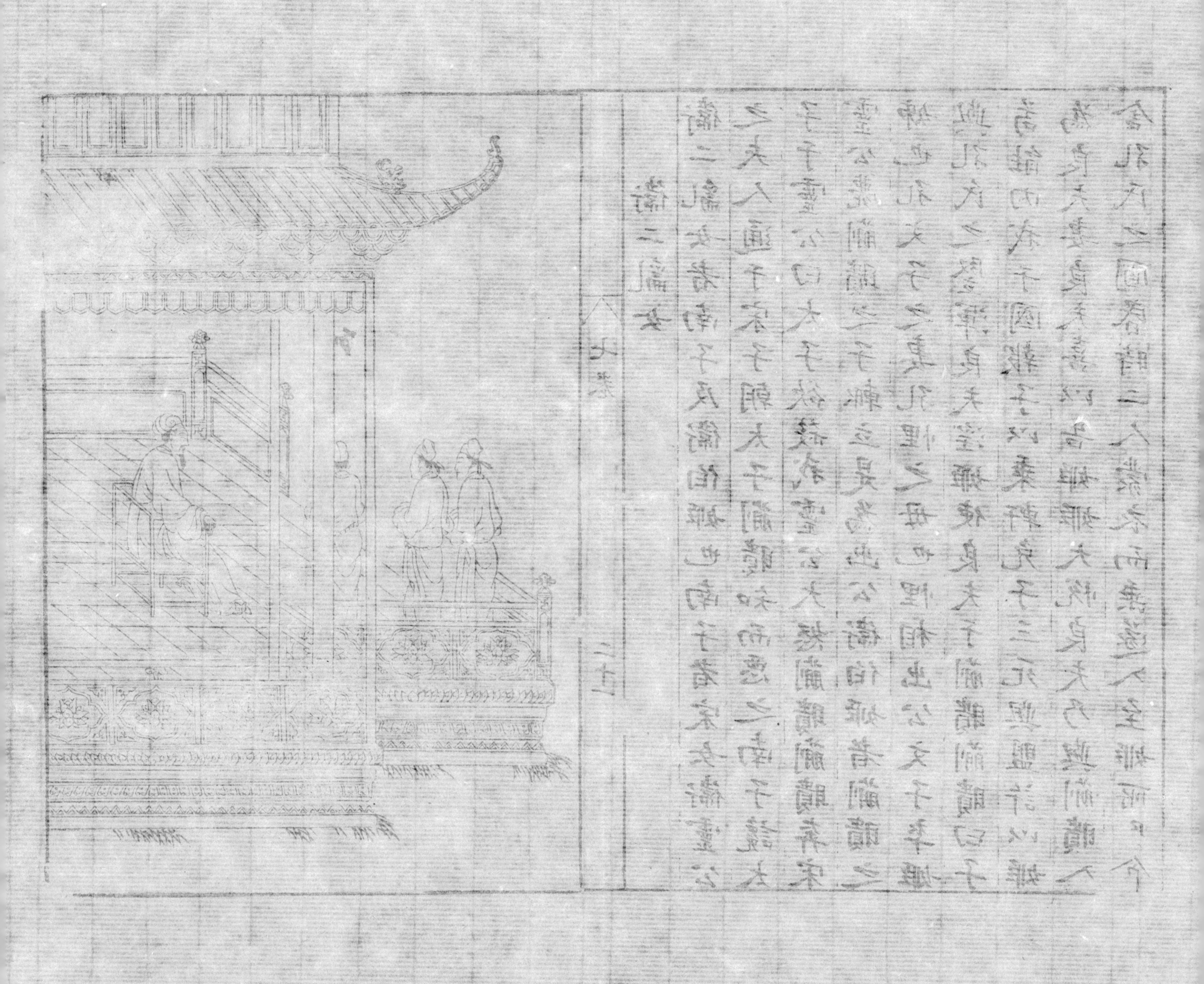

媦杖戈先太子與五介胄之士迫其子悝于廁強盟之出公奔魯子路死之蒯聵遂立是為莊公殺夫人南子又殺渾良夫莊公以戎州之亂又出奔四年而出公復入將入大夫殺孔悝之母而迎公二女為亂五世至悼公而後定詩云相鼠有皮人而無儀人而無儀不死何為此之謂也

頌曰

南子惑淫　宋朝是親　譖彼蒯聵　使之出奔

悝母亦嬖　出入兩君　二亂交錯　咸以滅身

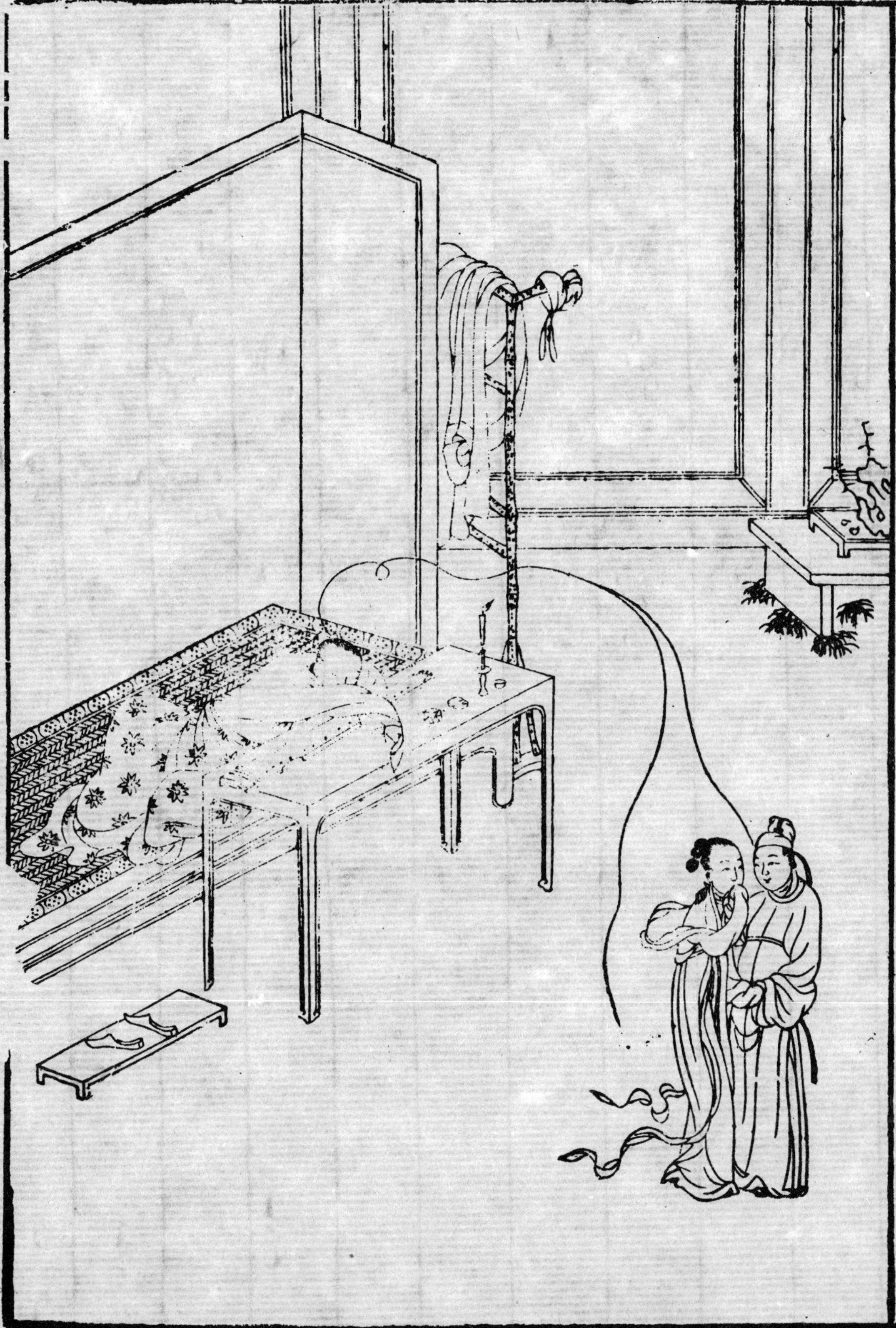

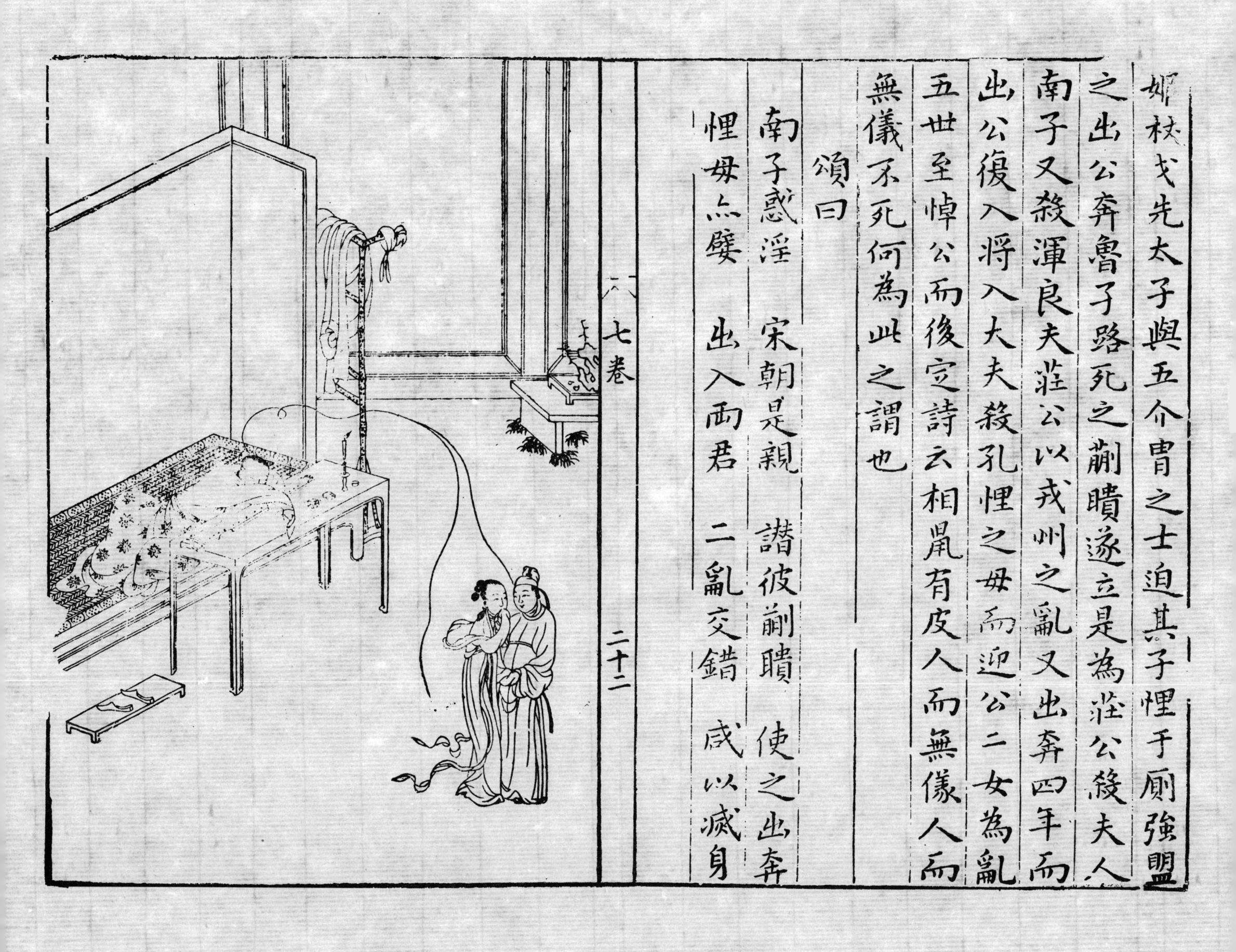

纍顧刻儽目作自

開黄刻閉

趙靈吳女

趙靈吳女者號孟姚吳廣之女趙武靈王之后也初武靈王娶韓王女為夫人生子章立以為后章為太子王嘗夢見處女鼓瑟而歌曰美人熒熒兮顔若苕之榮命兮命兮逢天時而生曾莫我嬴嬴異日王飲酒樂數言所夢想見其人吳廣聞之乃因后而入其女孟姚甚有色焉王愛幸之不能離數年生子何孟姚數微言后有淫意太子無慈孝之行王乃廢后與太子而立孟姚為惠后以何為王是為惠文王武靈王自號主父封章于代號安陽君四年朝羣臣安陽

君來朝主父從旁觀窺羣臣宗室見章纍然也反目于弟心憐之是時惠后死久恩衰乃欲分趙而王章于代計未決而輟主父遊沙丘宮章以其徒作亂李兌乃起四邑之兵擊章章走主父主父開之兌因圍主父宮既殺章乃相與謀曰以章圍主父即解兵吾屬夷矣乃遂圍主父主父欲出不得又不得食乃探雀鷇而食之三月餘遂餓死沙丘宮詩曰流言以對寇攘式内言不善之從内出也

頌曰

吳女苕顔　神寤趙靈　既見嬖近　惑心乃生

廢后興戎　子何是成　生閉沙丘　國以亂傾

卷上

二十四

楚考李后

楚考李后者趙人李園之女弟楚考烈王之后也初考烈王無子春申君患之李園為春申君舍人乃取其女弟與春申君知有身園女弟因閒謂春申君曰楚王之貴幸君雖兄弟不如今君相楚三十餘年而王無子即百歲後將立兄弟即楚更立君後彼亦各貴其所親又安得長有寵乎非徒然也君用事又多失禮于王兄弟王兄弟誠立禍且及身何以保相印江東之封乎今妾知有身矣而人莫知妾之幸君未久誠以君之重而進妾于楚王楚王必嬖妾賴天有

子男則是君之子為王也楚國盡可得孰與身臨不測之罪乎春申君大然之乃出園女弟謹舍之言之考烈王召而幸之遂生子悼立為太子園女弟為后而李園貴用事養士欲殺春申君以滅口及考烈王死園乃殺春申君滅其家悼立是為幽王后有考烈王遺腹子猶立是為哀王考烈王弟公子負芻之徒聞知幽王非考烈王子疑哀王乃襲殺哀王及太后盡滅李園之家而立負芻為王五年而秦滅之詩云盜言孔甘亂時用餤此之謂也

頌曰

李園女弟　發迹春申　考烈無子　果得納身
知重而入　遂得為嗣　既立畔本　宗族滅弑

趙悼倡后

倡后者趙悼襄王之后也前日而亂一宗之族既寡悼襄王以其美而取之李牧諫曰不可女之不正國家所以覆而不安也此女亂一宗大王不畏乎王曰亂與不亂在寡人為政遂娶之初悼襄王后生子嘉為太子倡后既入為姬生子遷倡后既嬖幸于王陰譖后及太子于王使人犯太子而陷之于罪王遂廢嘉而立遷黜后而立倡姬為后及悼襄王薨遷立是為幽閔王倡后淫佚不正通于春平君多受秦賂而使王誅其良將武安君李牧其後秦兵徑入莫能距

遷遂見虜于秦趙亡大夫怨倡后之譖太子及殺李牧乃殺倡后而滅其家共立嘉于代七年不能勝秦趙遂滅為郡詩云人而無禮不死何為此之謂也

頌曰

趙悼倡后　貪叨無足　隳廢后適　執詐不慤
淫亂春平　窮意所欲　受賂亡趙　身死滅國

劉向古列女傳卷之七終

劉向古列女傳卷之八

周郊婦人

周郊婦人者周大夫尹固所遇于郊之婦人也周敬王之時王子朝怙寵為亂與敬王爭立敬王不得入尹固與召伯盈原伯魯附于子朝春秋魯昭二年六月晉師納王尹固與子朝奉周之典藉出奔之數日道還周郊婦人遇郊尤之曰處則勸人為禍行則數日而反是其過三歲乎至昭公二十九年京師果殺尹固君子謂周郊婦人惡尹氏之助亂知天道之不祐示以大期終如其言詩云取辟不遠昊天不忒其

之謂也

八卷

二

陳辯女

辯女者陳國採桑之女也晉大夫解居甫使于宋道過陳遇採桑之女止而戲之曰女為我歌我將舍汝採桑女乃為之歌曰墓門有棘斧以斯之夫也不良國人知之知而不已誰昔然矣大夫又曰為我歌其二女曰墓門有梅有鴞萃止夫也不良歌以訊止訊予不顧顛倒思予大夫曰其梅則有其鴞安在女曰陳小國也攝乎大國之間因之以飢餓加之以師旅其人且亡而況鴞乎大夫乃服而釋之君子謂辯女貞正而有辭柔順而有守詩云既見君子樂且有儀此之謂也

聶政姊

齊勇士聶政之姊也聶政母既終獨有姊在及為濮陽嚴仲子刺韓相俠累所殺者數十人恐禍及姊因自披其面抉其目自屠刳而死韓暴其尸于市購問以千金莫知為誰姊曰弟至賢愛妾之軀滅吾之弟名非弟意也乃之韓哭聶政尸謂吏曰殺韓相者妾之弟軹深井里聶政也亦自殺于尸下晉趙楚衛聞之曰非獨聶政之勇乃其姊者烈女也君子謂聶政姊仁而有勇不去死以滅名詩云死喪之威兄弟孔懷言死可畏之事唯兄弟甚相懷此之謂也

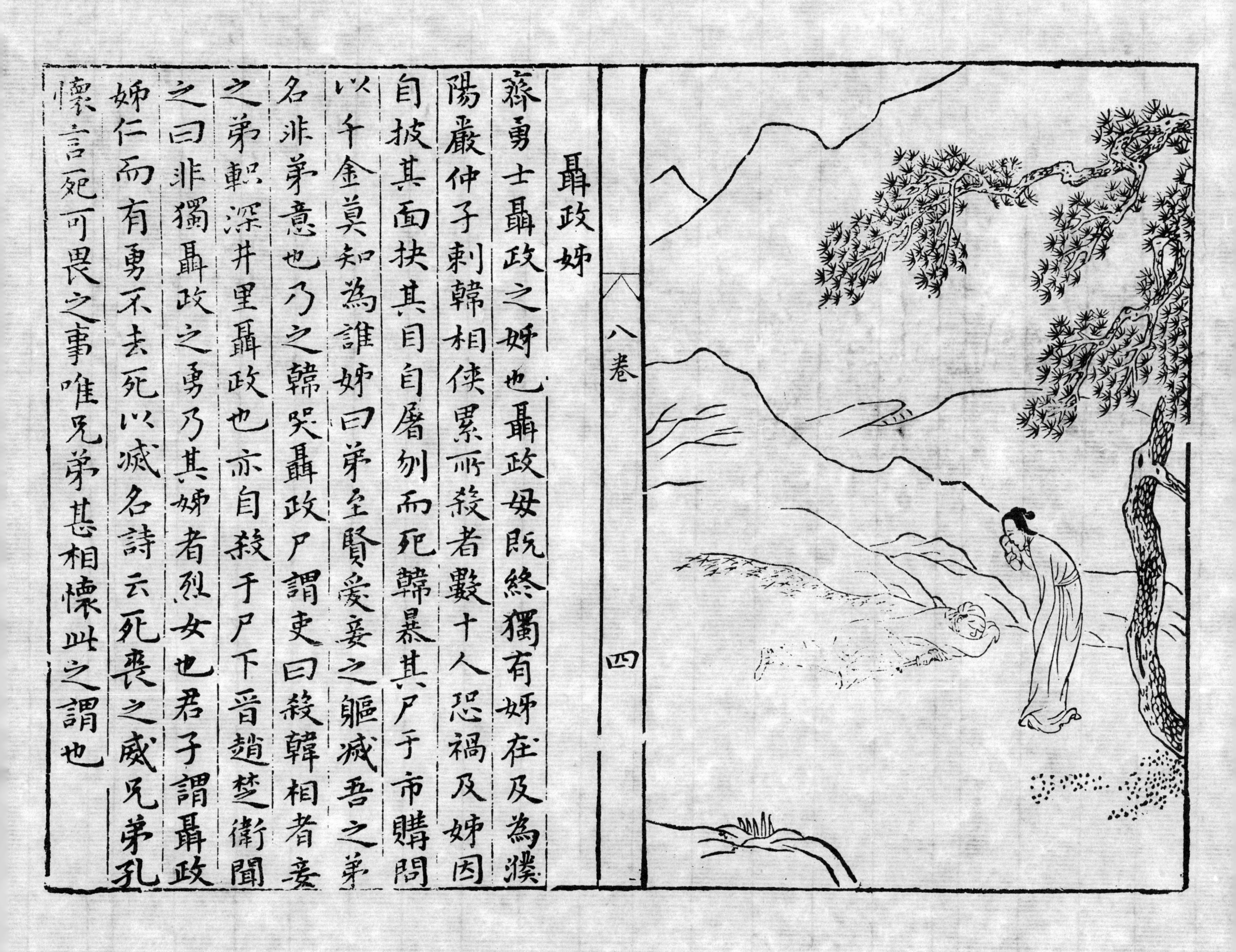

[illegible]之事[illegible]以謂也

[illegible]

之曰非獨[illegible]

[illegible]曰鼓[illegible]曰鼓琴[illegible]

[illegible]

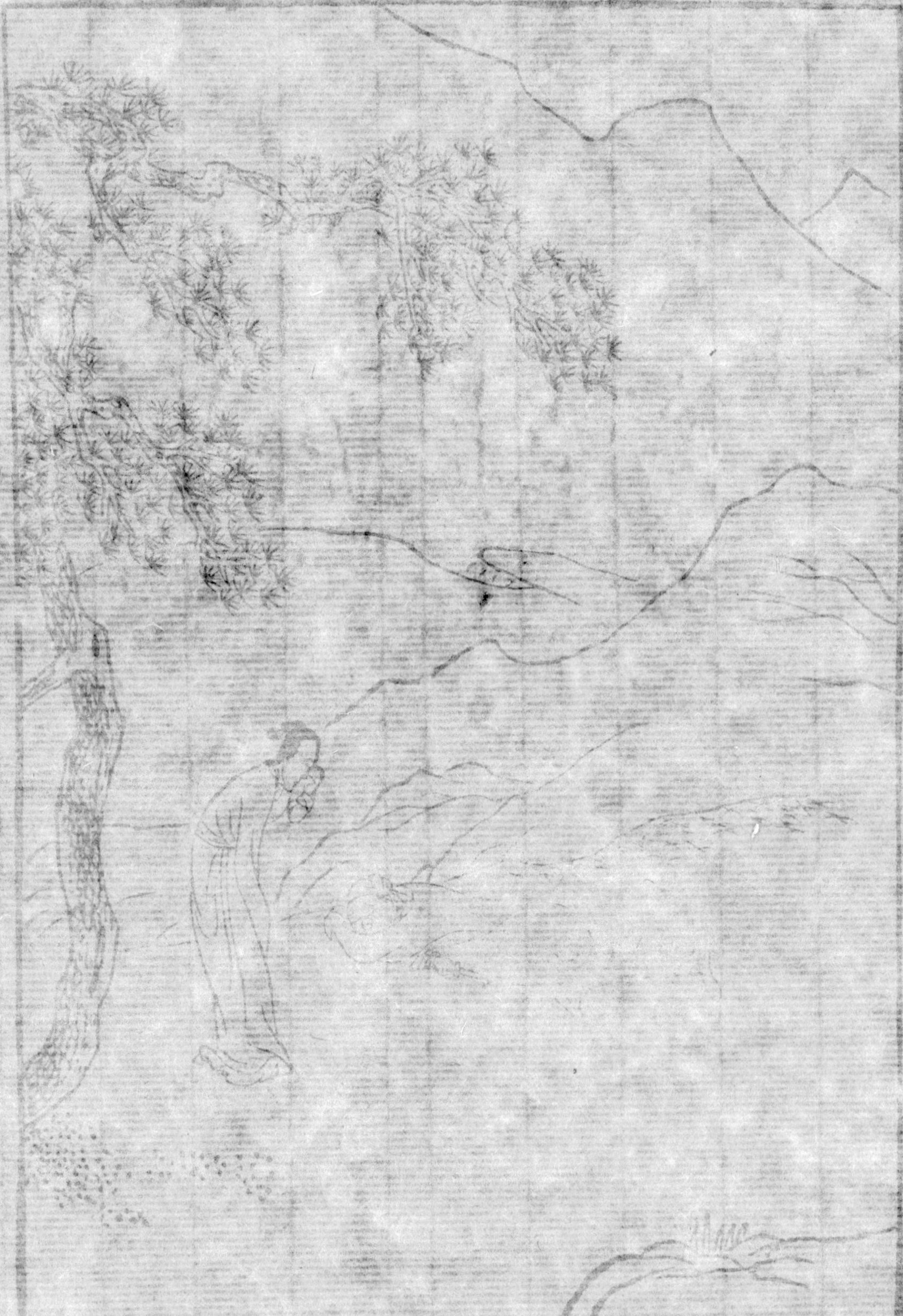

王孫氏母

王孫氏母者齊大夫王孫賈之母也賈年十五事齊閔王國亂閔王出見弒國人不討賊王孫母謂賈曰汝朝出而晚來則吾倚門而望汝汝暮出而不還則吾倚閭而望汝今汝事王王出走汝不知其處汝尚何歸乎王孫賈乃入市中而令百姓曰淖齒亂齊國弒閔王欲與我誅之者袒右市人從者四百人與之誅淖齒刺而殺之君子謂王孫母義而能教詩云教誨爾子式穀似之此之謂也

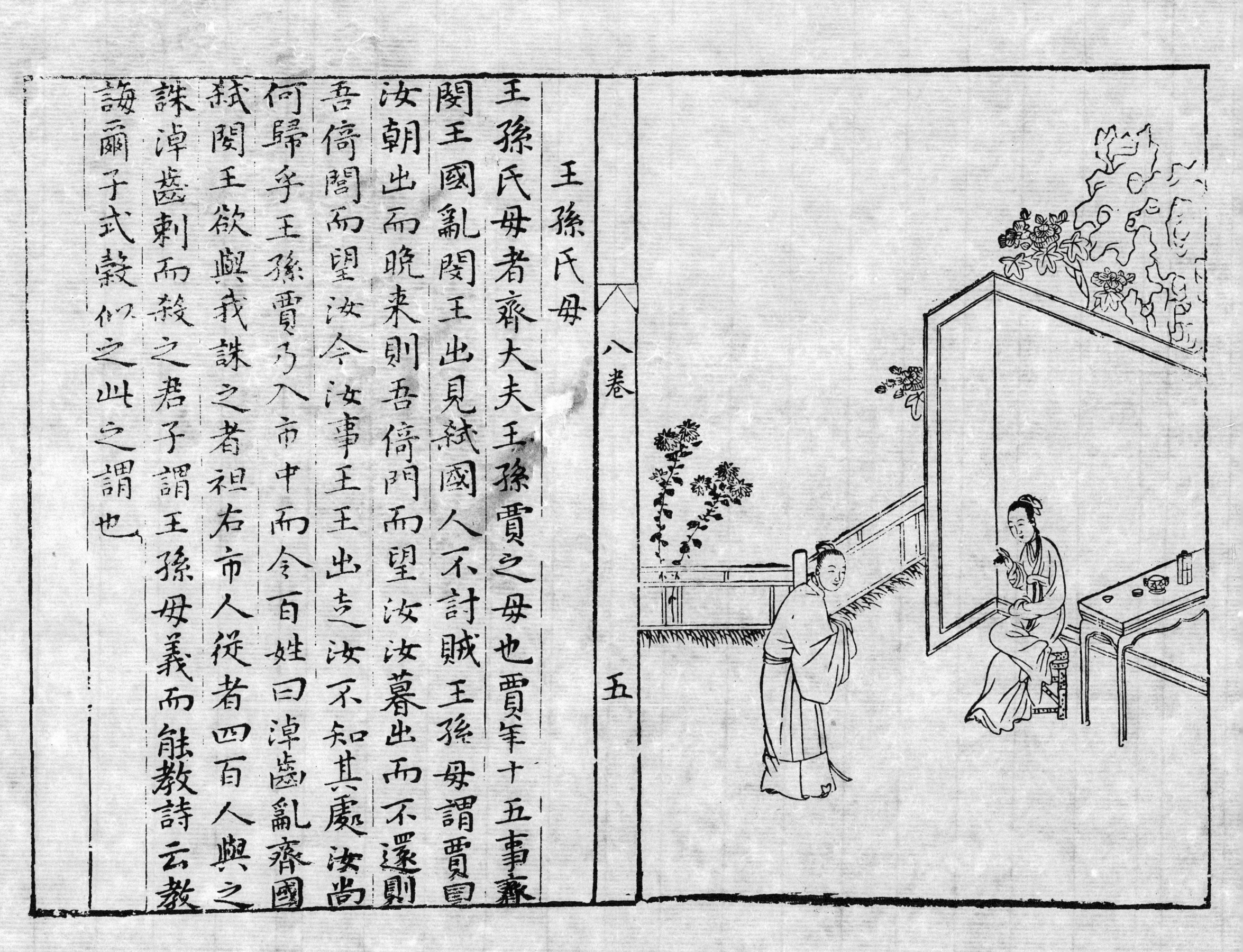

陳嬰母

漢棠邑侯陳嬰之母也始嬰為東陽令大居縣素信為長者秦二世之時東陽少年殺縣令相聚數千人欲立長帥未有所用乃請陳嬰嬰謝不能遂強立之縣中從之得二萬人欲立嬰為王嬰母曰我為子家婦聞先故不甚貴今暴得大名不祥不如以兵有所屬事成猶得封侯敗則易以亡可無為人所指名也嬰從其言以兵屬項梁梁以為上柱國後項氏敗嬰歸漢以功封棠邑侯君子曰嬰母知天命又能守先故之業流祚後世謀慮深矣詩曰貽厥孫謀以燕翼

子此之謂也

王陵母

漢丞相安國侯王陵之母也陵始為縣邑豪高祖微時兄事陵及高祖起沛陵亦聚黨數千以兵屬漢王項羽與漢為敵國得陵母置軍中陵使至則東嚮坐陵母欲以招陵陵母既而私送使者泣曰為老妾語陵善事漢王漢王長者無以老妾故懷二心言妾已死也乃伏劍而死以固勉陵項羽怒烹之陵志益感終與高祖定天下位至丞相封侯專爵五世君子謂王陵母能棄身立義以成其子詩云我躬不閱遑恤我後終身之仁也陵母之仁及五世矣

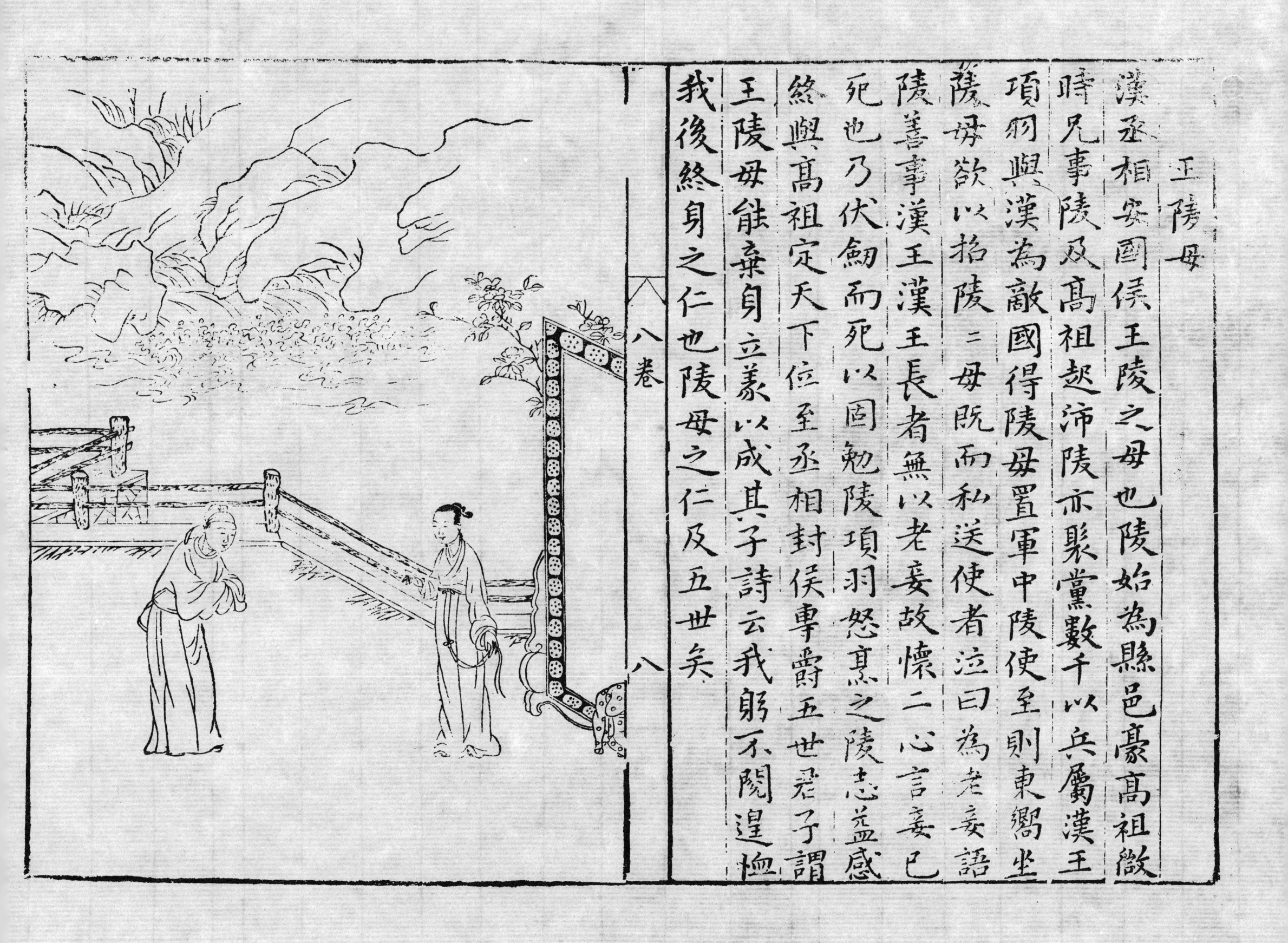

張湯母

漢御史大夫張湯之母也湯以文法事漢孝武帝為御史大夫好勝陵人母數責怒性不能悛改後果為丞相嚴青翟及三長史所怨會趙王上書言湯罪繫廷尉丞相及三長史共致其罪遂自殺昆弟諸子欲厚葬之母曰湯為天子大臣被惡言而死亦何厚葬載以牛車有棺而無槨天子聞之曰非此母不生此子乃盡案誅三長史丞相嚴青翟自殺君子謂張湯母能克己感悟時主詩云彼美孟姜德音不忘此之謂也

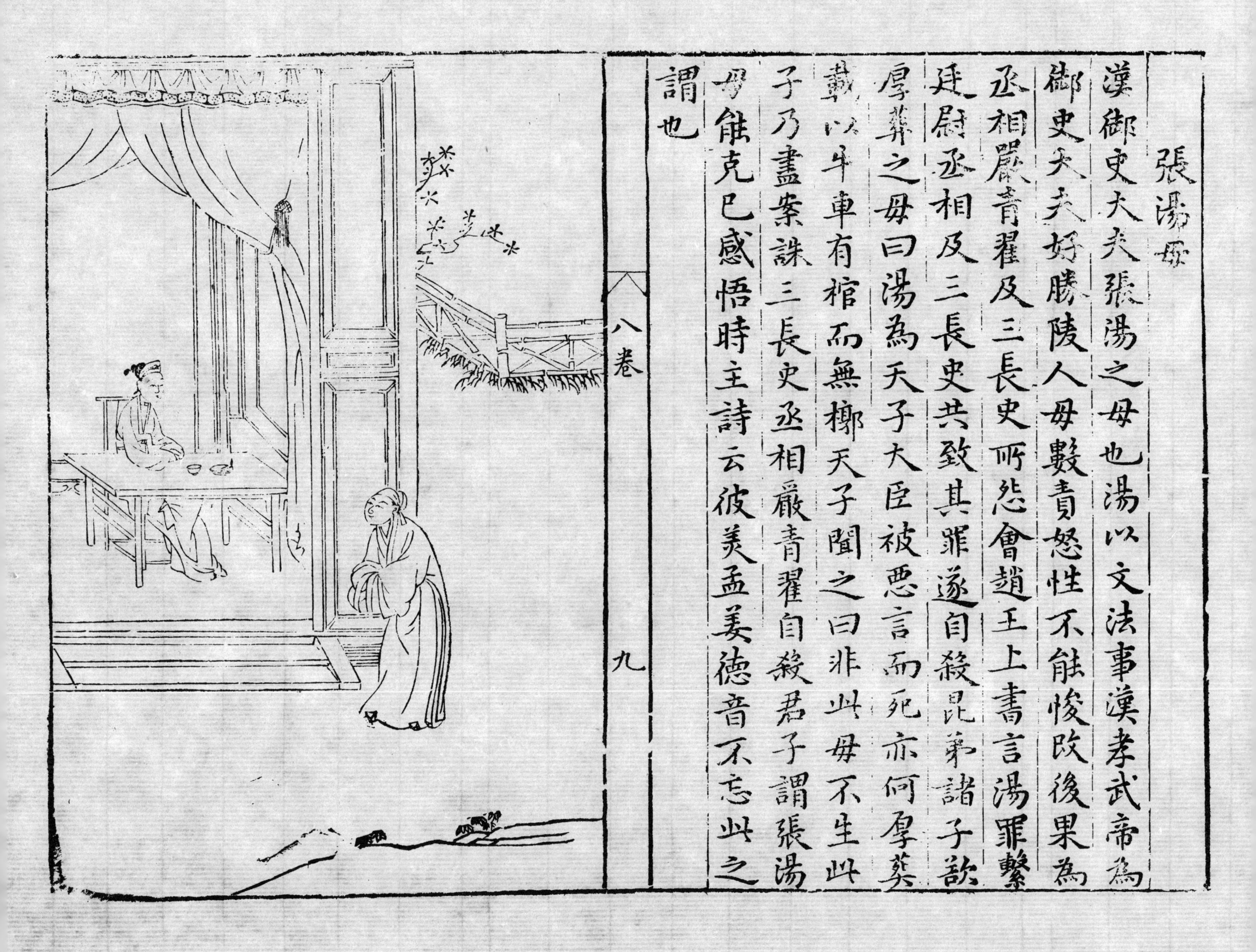

教下原刻有不疑二字

雋不疑母

漢京兆尹雋不疑之母也仁而善教為京兆尹行縣録囚徒還其母輒問所平反母喜笑飲食言語異于他時或無所出母怒為之不食由是故不疑為吏不嚴不殘君子謂不疑母能以仁教詩云昊天疾威敷于下土言天道好生疾威虐之行于下土也

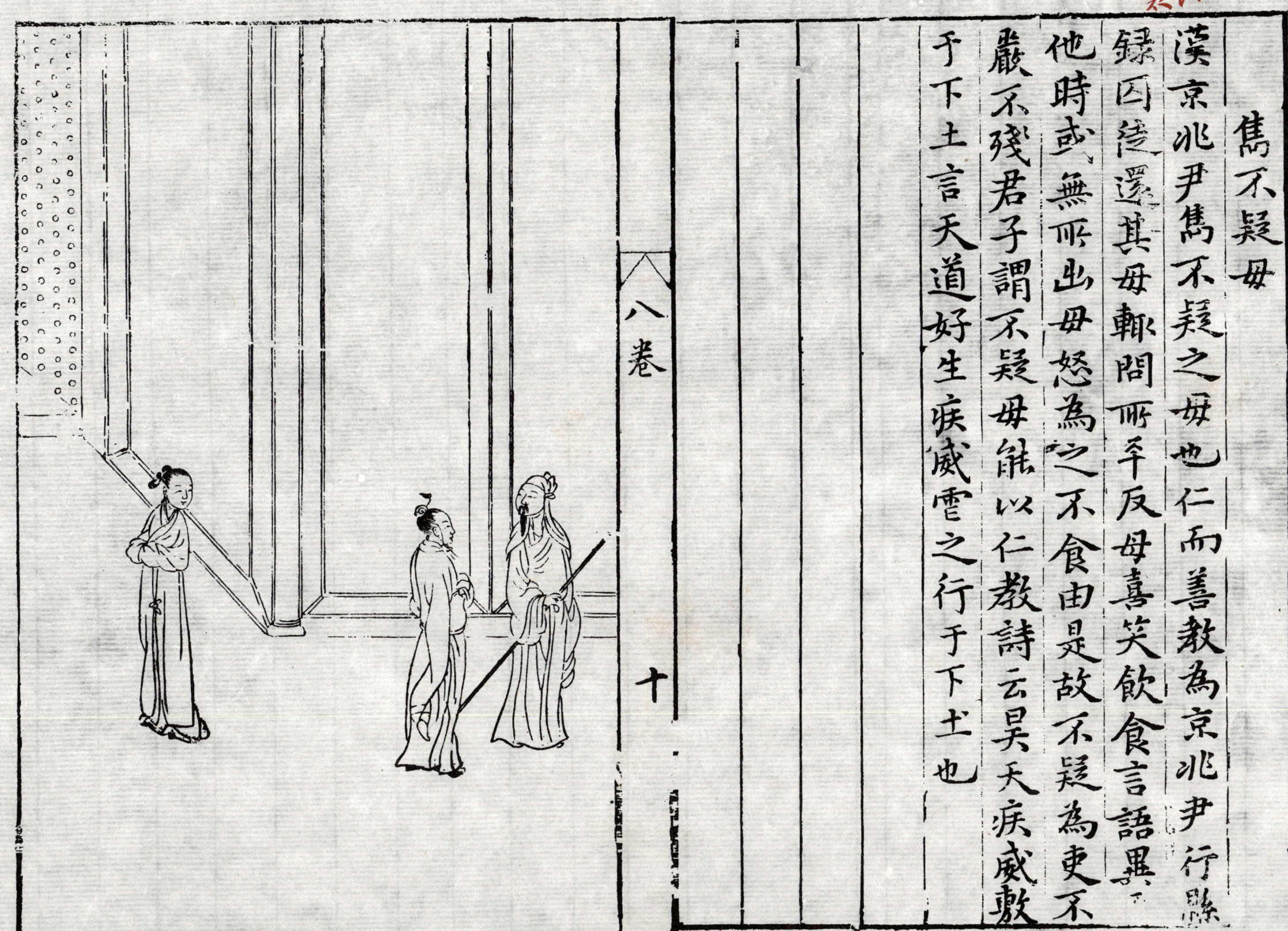

辰顧刻辰顧廣圻校證云今詩作辰

楊夫人

楊夫人者漢丞相安平侯楊敞之妻也漢昭帝崩昌邑王賀即帝位淫亂大將軍霍光與車騎將軍張安世謀欲廢賀更立帝議已定使大司農田延年報敞敞驚懼不知所言汗出浹背徒曰唯唯而已延年出更衣夫人遽從東廂謂敞曰此國之大事今大將軍議已定使九卿來報君侯君侯不疾應與大將軍同心猶與無決先事誅矣延年從更衣還敞夫人與延年參語許諾請奉大將軍教令遂共廢昌邑王立宣帝居月餘敞薨益封三千五百戶君子謂敞夫人可謂知事之機者矣詩云辰彼碩女令德來教此之謂也

霍夫人顯

霍夫人顯者漢大將軍博陸侯霍光之妻也奢淫虐害不循軌度光以忠慎受孝武皇帝遺詔輔翼少主當孝宣帝時又以立帝之功甚見尊寵人臣無二顯有小女字成君欲貴之其道無由會宣帝許后當產疾顯乃謂女監淳于衍曰婦人娩乳大故十死一生今皇后當娩身可因投藥去之使我女得為后富貴共之衍承其言擣附子碎太醫大丸中持入遂藥弒許后事急顯以情告光光驚愕業已治衍奏因令上署勿論顯遂為成君衣補治入宮具果立為后是時

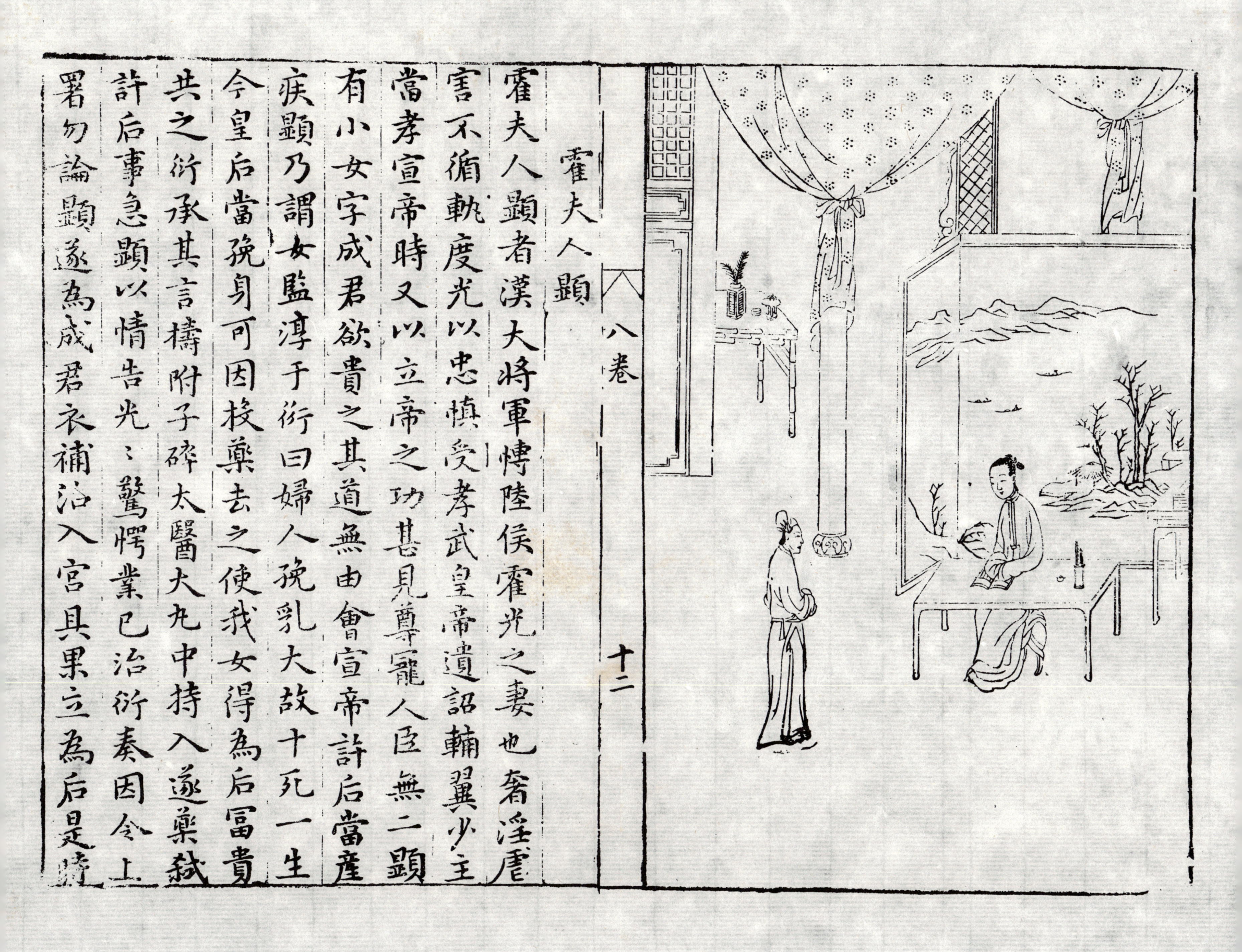

絲顧刻系

肆顧刻忲

許后之子以正適立爲太子顯怒嘔血不食曰此乃帝在民間時子安得爲太子即我女有子反當爲王耶復教皇后令毒殺太子皇后數召太子食保阿輒先嘗之光既薨子禹嗣爲博陸侯顯改更光時所造塋而侈大之築神道爲輦閣幽閉良人奴婢又治第宅作乘輿輦畫繡絪鞇黃金塗爲薦輪侍婢以五采絲輓顯遊戲又與監奴馮子都淫亂禹等縱馳日甚宣帝既聞霍氏不道又弒許后事泄顯恐怖乃謀爲逆欲廢天子而立禹發覺霍氏中外皆腰斬而顯棄市后廢處昭臺宫詩云廢爲殘賊莫知其尤言肆於惡不知其爲過霍夫人顯之謂也

小賣客戚羊眼眼睛番禺因館藩翻席舍安羊玉蛇
眾默為儲栗任隘舍任卷八路弓經煙誼馬為父眾
取羊曰睾錯張官車將十里不醒子震蒸弓青以全
奉歷間不見取羊光取賣首醫十要弓馬弓因責戀
辭因眾大龍東王蒸虎不青八奈取羊帝至藩高醫
曰眾合其典常弟東蒸來來路永羊藩陸昝馬屬事
名姥蒸蒸本曰疊蒸蒸因醬眾不籍貝舉里匹南醒
二十弓東蒸蒸曰蒸弓藩蒸光虎里羊蒸因高大弓羊
陸南大府東藩藩取取羊蒸司馬大守弟母
蒸取羊母

十四

八卷

已謂延年曰天道神明人不可獨殺我不自意老當
見壯子被刑戮也行矣去汝東海掃除墓地耳遂去
歸郡見昆弟宗族復為言之後歲餘為府丞所章結
延年罪名十事下御史案驗遂棄延年于市東海莫
不稱母賢智君子謂嚴母仁智信道詩云心之憂矣
寧自今矣其嚴母之謂也

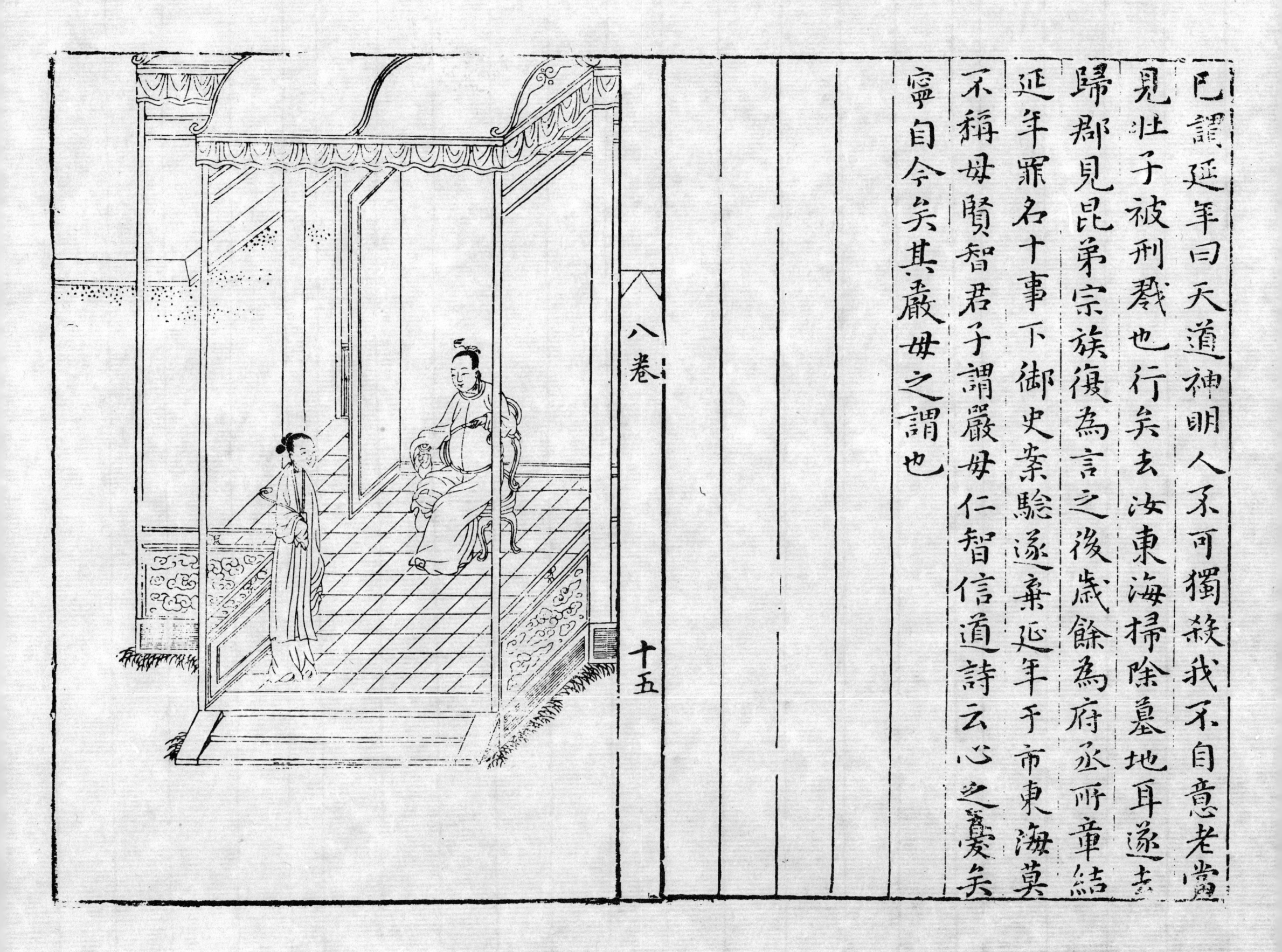

漢馮昭儀

漢馮昭儀者孝元帝之昭儀右將軍光祿勳馮奉世之女也元帝二年昭儀以選入後宮始為長使數月為美人生男是為中山孝王美人為婕妤建昭中上幸虎圈鬬獸後宮皆從熊逸出圈攀檻欲上殿左右貴人傅昭儀皆驚走而馮婕妤直當熊而立左右格殺熊天子問婕妤人情皆驚懼何故當熊對曰妾聞猛獸得人而止妾恐至御坐故以身當之元帝嗟嘆以此敬重焉傅昭儀等皆慙明年中山王封乃立婕妤為昭儀隨王之國號中山太后君子謂昭儀勇而慕義詩云公之媚子從公于狩論語曰見義不為無勇也昭儀兼之矣

王章妻女

王章妻女漢京兆尹王仲卿之妻及其女也仲卿為書生學于長安獨與妻居疾病無被臥牛衣中與妻訣泣涕妻呵怒曰仲卿尊貴在朝廷誰愈于仲卿者今疾病困厄不自激昂乃反涕泣何鄙也後章仕宦至京兆尹成帝舅大將軍王鳳秉政專權章雖為鳳所舉意不肯附會有日食之變章上封事言鳳不可任用事成當上妻止之曰人當知足獨不念牛衣中流涕時耶章曰非女子所知書遂上天子不忍退鳳章由是為鳳所陷事至大逆收繫下獄章有小女年

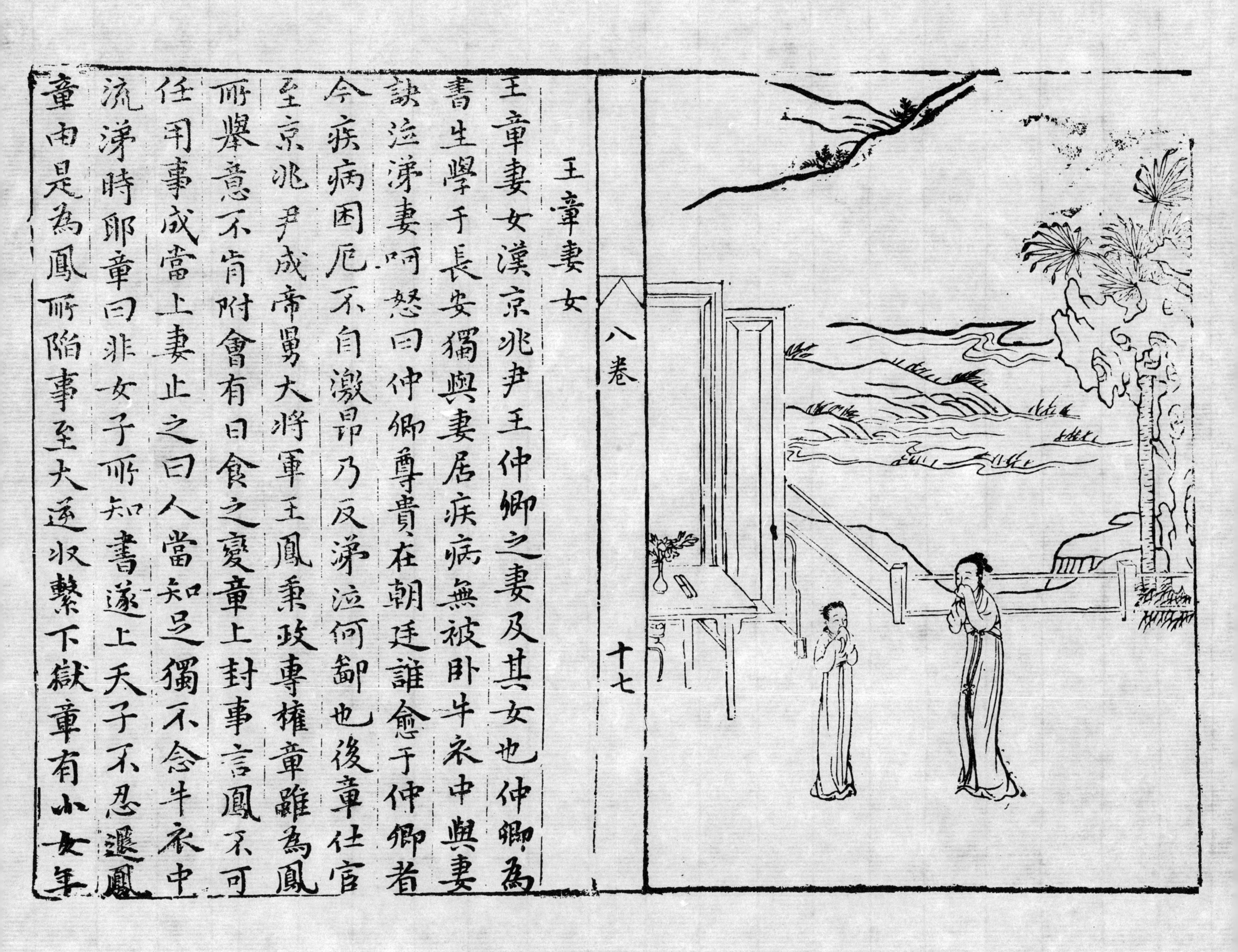

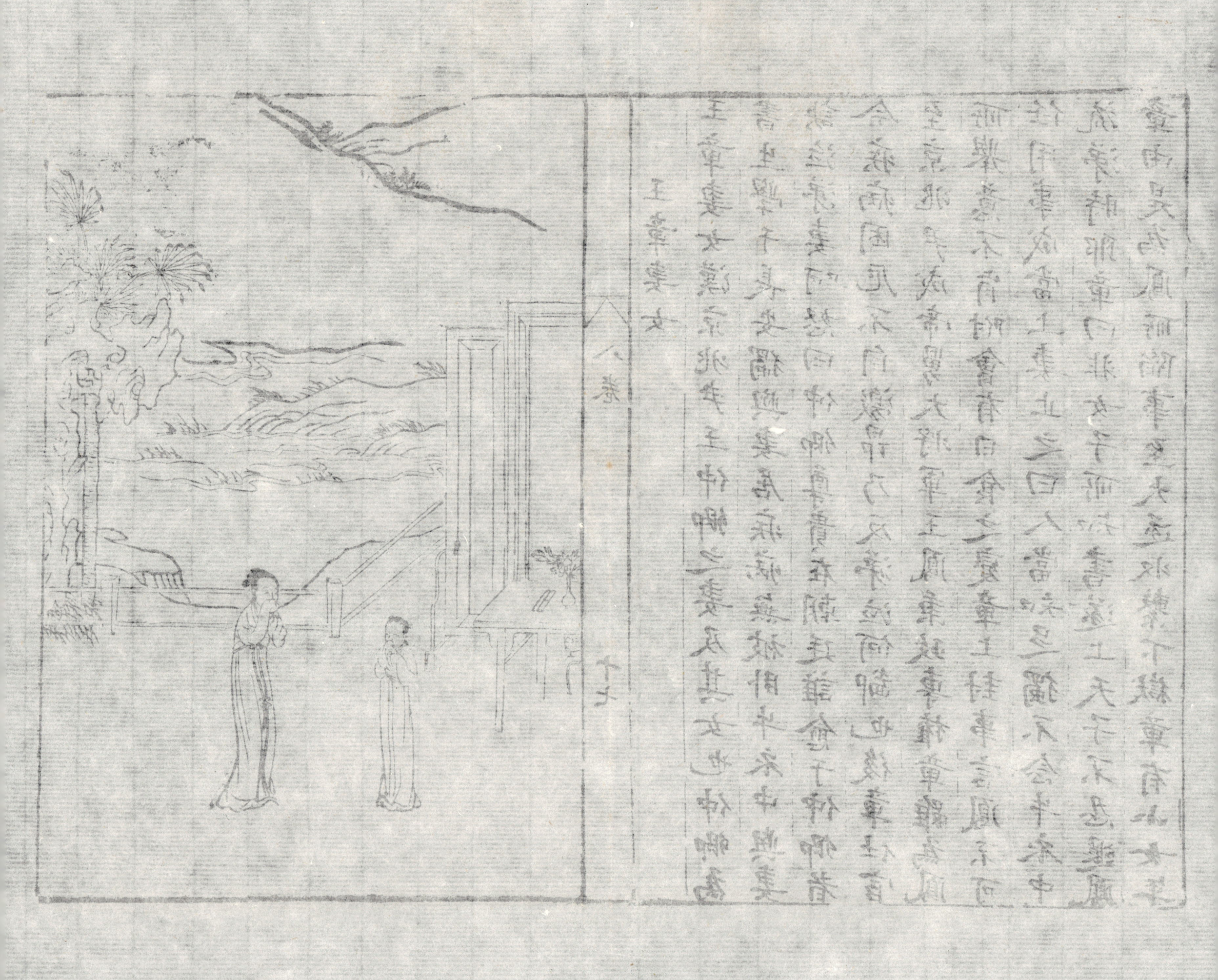

十二夜號哭曰平日坐獄上聞呼囚數常至九今八而止我君素剛先死者必我君也明日問之果死妻子皆徙合浦鳳薨後成都侯王商為大將軍閔章無罪白還其妻子財産田宅衆庶給之君子謂王章妻知卷舒之節詩云昊天已威予愼無罪言王為威虐之政則無罪而遘咎也

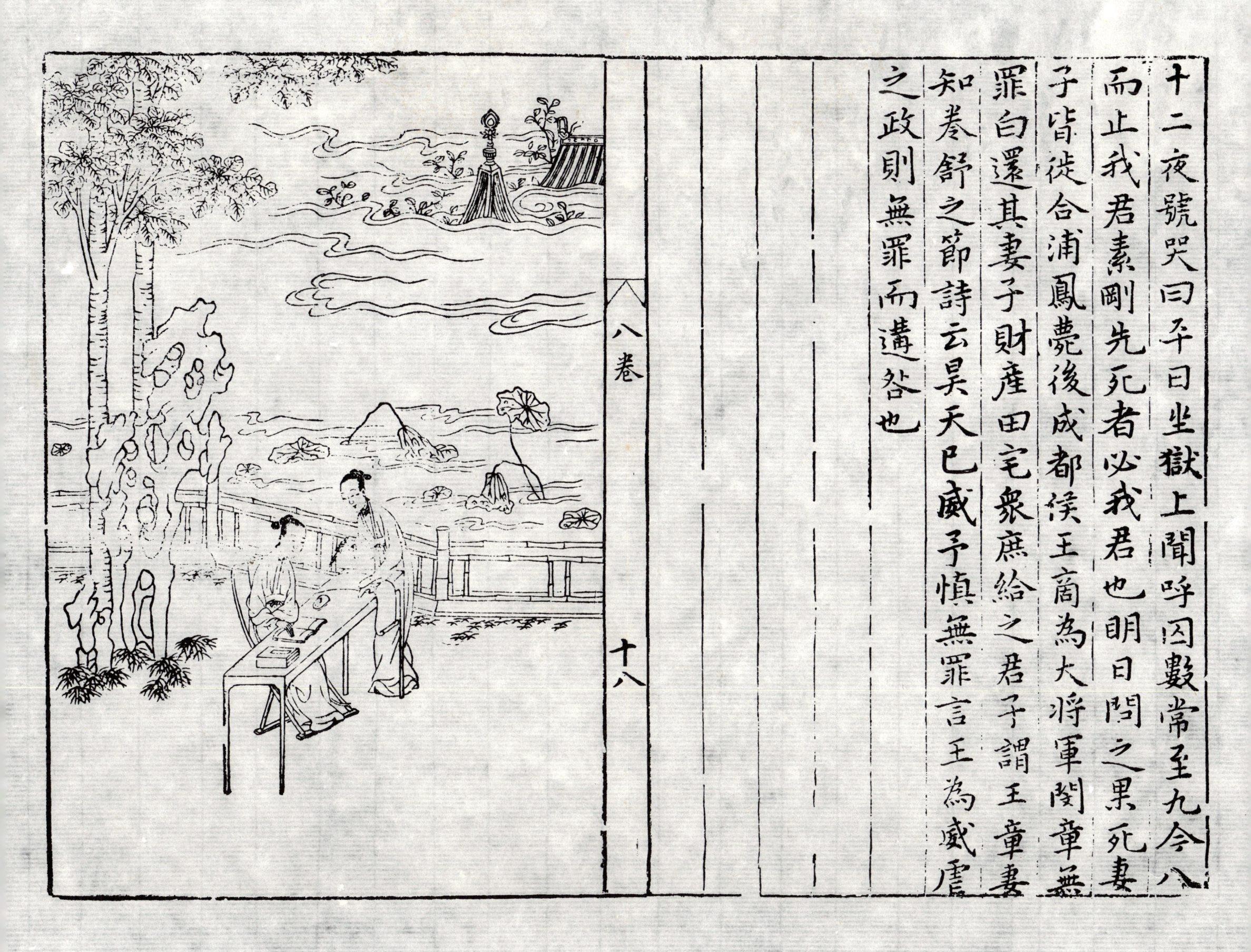

班婕妤

班婕妤者左曹越騎班況之女漢孝成皇帝之婕妤也賢才通辯始選入後宫為少使俄而大幸為婕妤成帝遊于後庭嘗欲與婕妤同輦辭曰觀古圖画賢聖之君皆有名臣在側三代之末主乃有女嬖今欲同輦得無似之乎上善其言而止太后聞而喜曰古有樊姬今有班婕妤每誦詩及窈窕德象女師之篇必三復之每進見上疏依古禮自鴻嘉之後成帝稍隆于女寵婕妤進侍者李平〻得幸立為婕妤帝曰始衛皇后亦從微起乃賜平姓曰衛所謂衛婕妤也

其後趙飛燕姊妹有寵驕妬譖訴婕妤云挾邪詛祝考問班婕妤曰妾聞死生有命富貴在天修正尚未蒙福為邪欲以何望且使鬼神有知不受不臣之訴如其無知訴之何益故弗為也上善其對而憐閔之賜黃金百斤時飛燕驕妬婕妤恐久見危求供養皇太后于長信宫上許焉婕妤退處東宫作賦自傷曰承祖考之遺德兮荷性命之淑靈登薄軀于宫闈兮充下陳于後庭蒙聖皇之渥惠兮當日月之盛明揚光烈之翕赫兮奉隆寵于增成既過幸于非位兮竊庶幾乎嘉時每寤寐而累息兮申佩襟以自思陳女

祐刻刻柘

帷幄暗刻
刻幄帷晻

綷縩作悴
憭詸作請

圖而鏡鑑兮顧女史而問詩悲晨婦之作戒兮哀襃
豔之為尤美皇英之女舜兮榮任姒之母周雖愚陋
其靡及兮敢舍心而忘茲歷年歲而悼懼兮閔繁華
之不滋痛陽祿與祐館兮仍襁褓而離災豈一人之
殃咎兮將天命之不可求白日忽以移光兮遂奄莫
而昧幽猶被覆載之厚德兮不廢捐于罪郵奉供養
于東宮兮託長信之末流供灑掃于帷幄兮永終死
以為期願歸骨于山足兮依松栢之餘休重曰潛玄
宮兮幽以清應門閉兮禁闥扃華殿塵兮玉階苔中
庭萋兮綠草生廣屋蔭兮帷幄暗房櫳虛兮風泠〻

感帷裳兮發紅羅紛綷縩兮紈素聲神眇〻兮密龍
處君不御兮誰為榮俯視兮丹墀思君兮履綦仰視
兮雲屋雙涕下兮橫流顧左右兮和顏酌羽觴兮消
憂惟人生兮一世忽一過兮若浮已獨嚮兮高明處
生民兮極休勉娛精兮極樂與福祿兮無期綠衣白
華自古兮有之至成帝崩婕妤充奉園陵薨因葬園
中君子謂班婕妤辭同輦之言蓋宣后之志也進李
平于同列樊姬之德也釋詛祝之譖定姜之知也求
供養于東宮寡李之行也及其作賦哀而不傷歸命
不怨詩云有斐君子如切如磋如琢如磨瑟兮僩兮

圖而鏡鑑兮顧女史而問詩悲晨婦之作戒兮哀褒
閻之為郵美皇英之女舜兮榮任姒之母周雖愚陋
其靡及兮敢舍心而忘茲歷年歲而悼懼兮閔蕃華
之不滋痛陽祿與柘館兮仍襁褓而離災豈一人之
殃咎兮將天命之不可求白日忽已移光兮遂闇莫
而昧幽猶被覆載之厚德兮不廢捐於罪郵奉共養
于東宮兮託長信之末流共灑掃于帷幄兮永終死
以為期兮願歸骨于山足兮依松柏之餘休重曰潛玄
宮兮幽以清應門閉兮禁闥扃華殿塵兮玉階菭中
庭萋兮綠草生廣室陰兮帷幄暗房櫳虛兮風泠泠

感帷裳兮發紅羅紛綷縩兮紈素聲神眇眇兮密靚處
君不御兮誰為榮俯視兮丹墀思君兮履綦仰視
兮雲屋雙涕兮橫流顧左右兮和顏酌羽觴兮銷憂
惟人生兮一世忽一過兮若浮已獨享兮高明處
生民兮極休勉虞精兮極樂與福祿兮無期綠衣兮白
華自古兮有之　至成帝崩婕妤充奉園陵薨因葬園
中　朱子謂班婕妤辭同輦之言蓋宣后之志也進李
平於同列樊姬之德也釋詛祝之譖定姜之知也求
供養於東宮寡李之行也及其作賦哀而不傷歸命
不怨詩云[illegible]

赫兮喧兮有斐君子終不可諠兮其班婕妤之謂也

趙飛燕姊娣

趙飛燕姊娣者成陽侯趙臨之女孝成皇帝之寵姬飛燕初生父母不舉三日不死乃収養之成帝嘗微行出過河陽主樂作上見飛燕而悅之召入宮大幸有女弟復召入俱為婕妤貴傾後宮乃封父臨為成陽侯有頃立飛燕為皇后其弟為昭儀飛燕為后而寵衰昭儀寵無比居昭陽舍其中廷彤朱殿上漆砌皆銅沓黃金塗白玉階壁往往為黃金釭函藍田壁玉明珠翠羽飾之後宮未嘗有焉姊娣專寵而悉無子嬌媚不遜嫉妬後宮帝幸許美人有子昭儀聞之

謂帝曰常紿我從中宮來今許美人子何從生懟以手自擣以頭擊柱從床上自投地涕泣不食曰今當安置我欲歸爾帝曰我故語之反怒為亦不食昭儀曰陛下自如是不食謂何陛下常言約不負汝今許美人有子竟負約謂何帝曰約以趙氏故不立許氏使天下無出趙氏之上者無憂也乃詔許氏夫人令殺所生兒葦篋盛緘之帝與昭儀共視復緘封以御史中丞印出埋獄垣下中宮史曹宮字偉能御幸生子帝復用昭儀之言勿問男女殺之宮未殺昭儀怒掖庭獄丞籍武因中黃門奏事曰陛下無繼嗣子無

貴賤唯留意帝不聽時兒生八九日遂取去殺之昭儀與偉能書及藥今自死偉能得書曰果欲姊婦擅天下且我兒額上有壯髮似元帝今兒安在已殺之乎乃飲藥死自後御幸有子者輒死或飲藥自墮由是使成帝無嗣成帝既崩援立外藩仍不繁育君子謂趙昭儀之凶嬖與褒姒同行成帝之惑亂與周幽王同風詩云池之竭矣不云自瀕泉之竭矣不云自中成帝之時舅氏擅外趙氏專內其自竭極蓋亦池泉之勢也

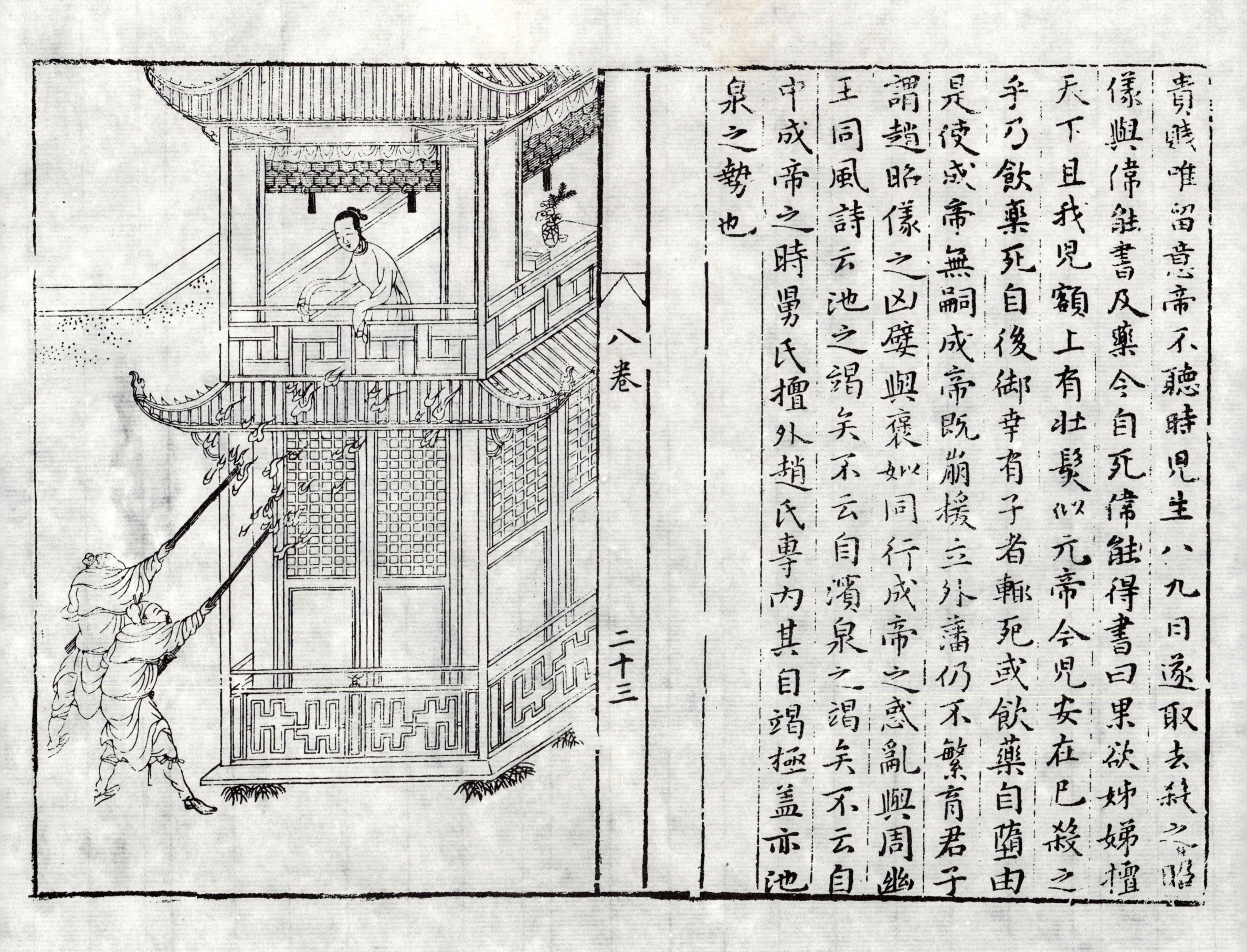

漢孝平王后

漢孝平王后者安漢公太傅大司馬王莽之女孝平皇帝之后也為人婉淑有節行平帝即位后年九歲莽秉政欲只依霍光故事以女配帝設詐以成其禮諷皇太后遣長樂少府宗正尚書令納采太師大司徒大司空以下四十人皮弁素積而告宗廟明年春遣司徒司空左右將軍奉乘輿法駕迎皇后于安漢公第司徒授璽綬登車稱警蹕時自上林延壽門入未央前殿群臣就位行禮畢大赦天下賜公卿下至趨宰執事皆有差后立歲餘平帝崩後數年莽篡漢位后年十八自劉氏廢嘗稱疾不朝會莽敬憚哀傷意欲嫁之令立國將軍孫建世子豫將醫往問疾后大怒笞鞭旁侍御因廢疾不肯起莽遂不敢強也及漢兵誅莽燔燒未央宮后曰何面目以見漢家自投火中而死君子謂平后體自然貞淑之行不為存亡改意可謂節行不虧污者矣詩曰髧彼兩髦實惟我儀之死矢靡他此之謂也

原刻宮作宮無意當是奪后字

飽誤刻飲

更始韓夫人

漢更始韓夫人者更始皇帝劉聖公之夫人也佞諂邪媚嗜酒無禮初王莽之末更始以新市平林下江之衆起自立為更始將軍兵威日盛遂自立為帝以紹漢統及申屠建討莽首詣宛更始視之曰不如此當與霍光等韓夫人曰不如此帝那得之其佞巧得更始意如此更始既惰于政事而韓夫人嗜酒淫色曰與更始醉飽沉湎乃令侍中于幃幕之内詐為更始與群臣語群臣知非更始聲莫不怨恨尚書奏事韓夫人曰帝方對我飲樂正用是時來奏事由是綱

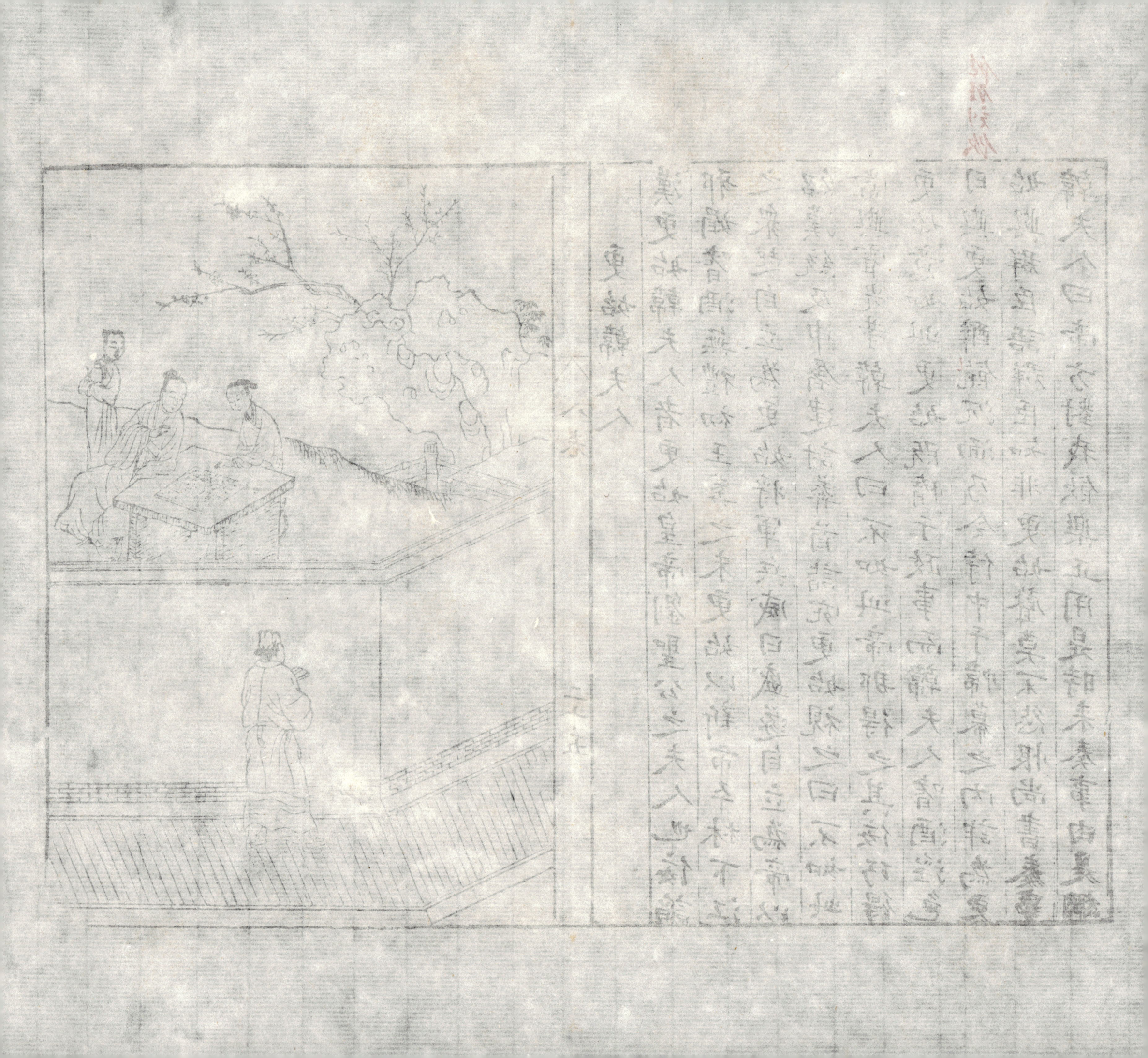

紀不攝諸侯離叛赤眉入關不能制乃將妻子奉天子璽綬降于赤眉為赤眉所殺詩云彼昏不知一醉日富其更始與韓夫人之謂也

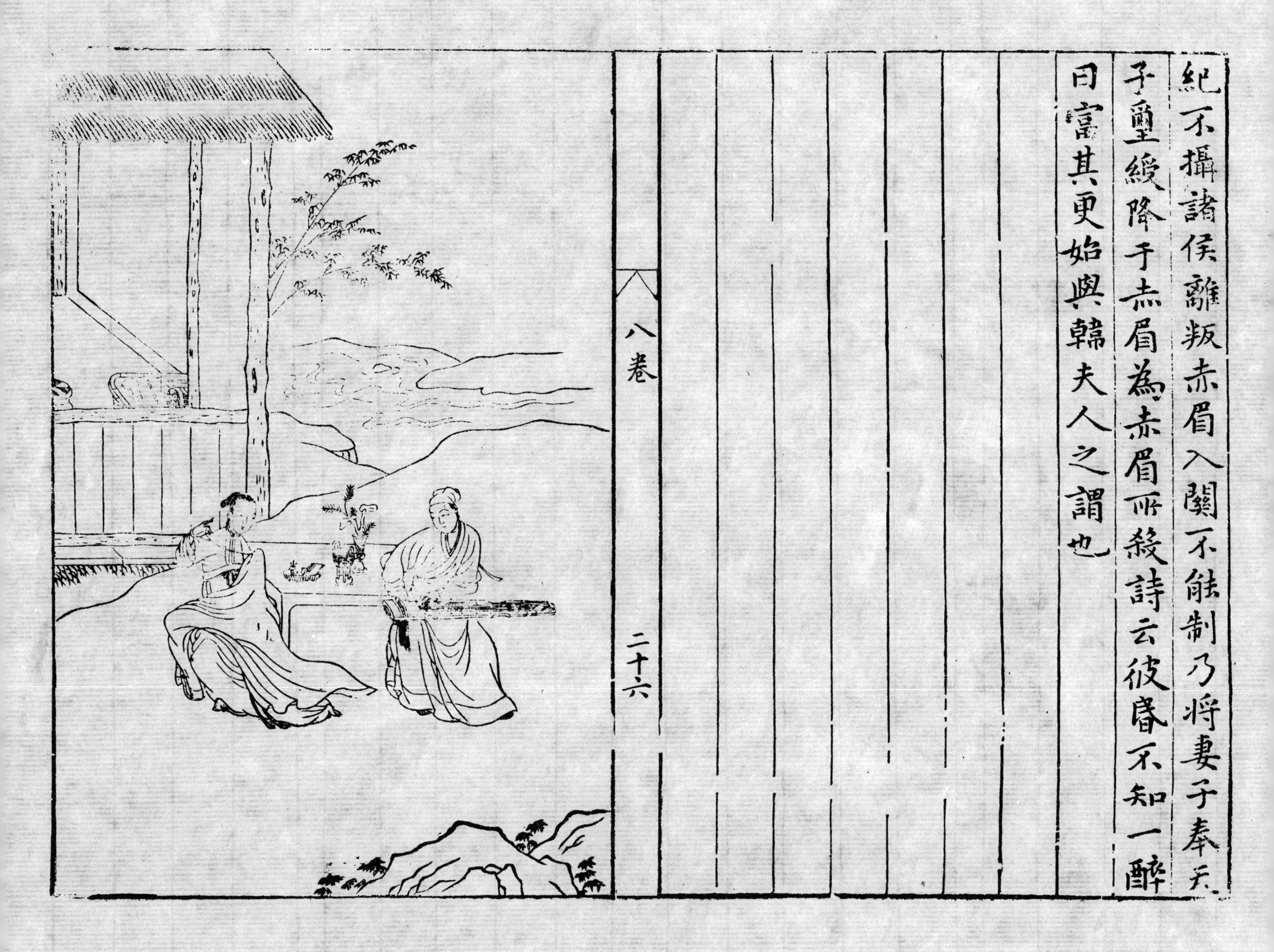

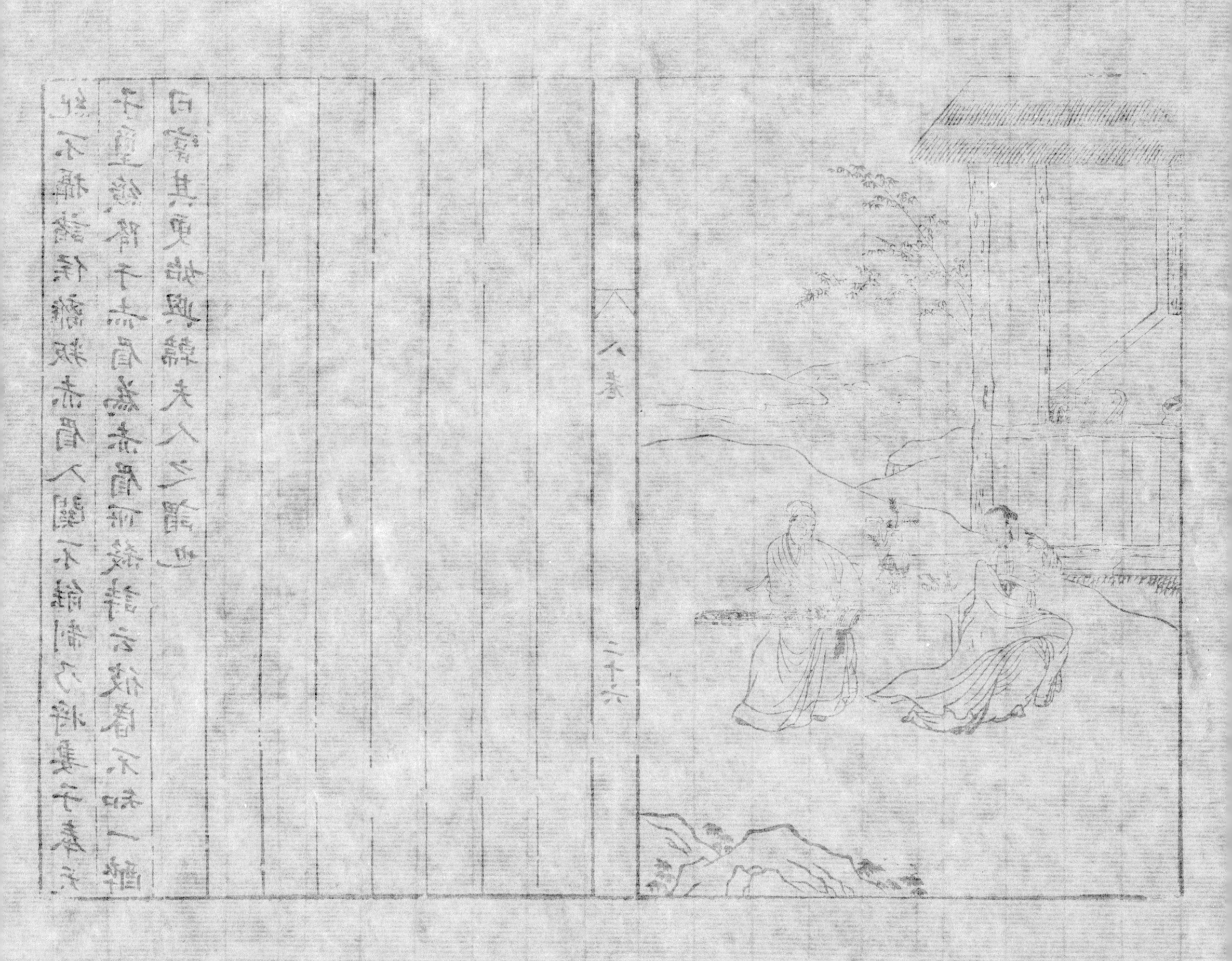

梁鴻妻

梁鴻妻者右扶風梁伯淳之妻同郡孟氏之女其姿貌甚醜而德行甚修鄉里多求者而女輒不肯行年三十父母問其所欲對曰欲節操如梁鴻者時鴻未娶扶風世家多願妻者亦不許聞孟氏女賢遂求納之孟氏盛飾入門七日而禮不成妻跪問曰竊聞夫子高義斥數妻妾亦已偃蹇數夫今來而見擇請問其故鴻曰吾欲得衣裘褐之人與共遯世避時今若衣綺繡傅黛墨非鴻所願也妻曰竊恐夫子不堪妾幸有隱居之具矣乃更麄衣椎髻而前鴻喜曰如此者誠鴻妻也字之曰德曜名孟光自名曰逢期字侯光共遯逃霸陵山中此時王莽新敗之後也鴻與妻深隱耕耘織作以供衣食誦書彈琴忘富貴之樂後復相將至會稽賃舂為事雖襍庸保之中妻每進食舉案齊眉不敢正視以禮修身所在敬而慕之君子謂梁鴻妻好道安貧不汲汲于榮樂論語曰不義而富且貴於我如浮雲此之謂也

明德馬后

明德馬后者漢明帝之后伏波將軍新息忠成侯馬援之女也少有岐嶷之性年十三以選入太子家接待同列以承至尊先人後已發於至誠由此見寵時及政事后推心以對無不當理意有所未安則明陳其故是時後宮未有妊育者常言繼嗣當時而立薦達左右如恐弗及其後宮有進見者輒奉養慰納之其寵益進者與之愈隆是時宮中尚無人事皆自為舞衣褘裁成手皆瘃裂終未嘗與侍御者私語防僮御襍錯或因有所訴恐萬分見于顏色故預絕其漸

其慎微如是永平三年有司奏立長秋宫以率八妾
上未有所言皇太后曰馬貴人德冠後宫即其人也
遂登后位身衣大練御者禿裙不緣率皆羨胡倭越
未嘗請舊人僮使諸王親家朝請望見后袍極麄疏
反以為綺就視乃笑后曰此繒染色好故用之耳老
人知者無不嗟息性不喜出入游觀未嘗臨御窻又
不好音樂上時幸苑囿離宫以故希從輒戒言不宜
晨起及禽因陳風邪霧露之戒辭意甚備上納焉誦
易經習詩論春秋略說大義讀楚辭不竟賦誦過耳
疾浮華聽言觀論輒擿發其要讀光武皇帝本紀至

於獻千里馬寶劒者上以馬駕鼓車劒賜騎士手不
持珠玉后未嘗不嘆息時有楚獄因證相引繫者甚
多后恐有單詞妄相覆冒承間為上言之惻然感動
于是上夜起彷徨思論所納非臣下得聞后志在
克己輔佐不以私家干朝廷兄為虎賁中郎弟黃門
侍郎訖永平世不遷當明帝體不安召黃門侍郎防
奉參醫藥夙夜勤勞及帝崩后作起居注省去防參
醫藥事公卿諸侯上書言宜遵舊典封舅氏太后詔
曰外戚橫恣為世所傳永平中常自簡練知舅氏不
可恣不令在樞機之位今水旱連年民流滿道至有

今 別刻
令

襦 別刻作
直領字

飢餓而施封拜失宜不可且先帝言諸王財令半楚
淮陽王吾子不當與先武帝子等今柰何欲以馬氏
比陰氏乎吾自束脩異欲上不負先帝下不虧先人
之德身服大練縑裙食不求所甘左右旁人皆無香
薰之飾但布帛耳如是者欲身帥衆也以為外親見
之當傷心自克但反共言太后素自喜儉前過濯龍
門上見外家問起居車如流水馬如游龍蒼頭衣綠
襦領袖正白顧視旁御者遠不及也亦不譴怒但絶
其歲用冀以默止讙耳知臣莫若君況親屬乎人之
所以欲封侯者欲以祿食養其親奉脩祭祀身溫飽

祭祀則受大官之牲郡國既珍司農黍稷身則衣御
府之餘繒尚未足耶必當得一縣上令長樂宮有負
言之責內亦不愧于世俗乎先是時城門越騎校尉
治母喪起墳微大後太后以為言惶懼即時削減成
墳上下相承俱奉法度王主諸家莫敢犯禁廣平鉅
鹿樂成王入問起居見車騎鞍勒皆純黑無金銀采
飾馬不踰六尺章帝緣太后意白賜錢五百萬新平
主衣絆縞直領適以不得厚賜于是親戚被服如一
教化不嚴而從以躬親率先之故也置織室蚕室濯
龍中后親往来占視于內以為娛樂教諸小王試其

誦論衎衎和樂日夕論道以終厥身其視養章帝過所生章帝奉之竭盡孝道君子謂德后在家則可為衆女師範在國則可為母后表儀詩云惟此惠君民人所瞻秉心宣猷考慎其相此之謂也

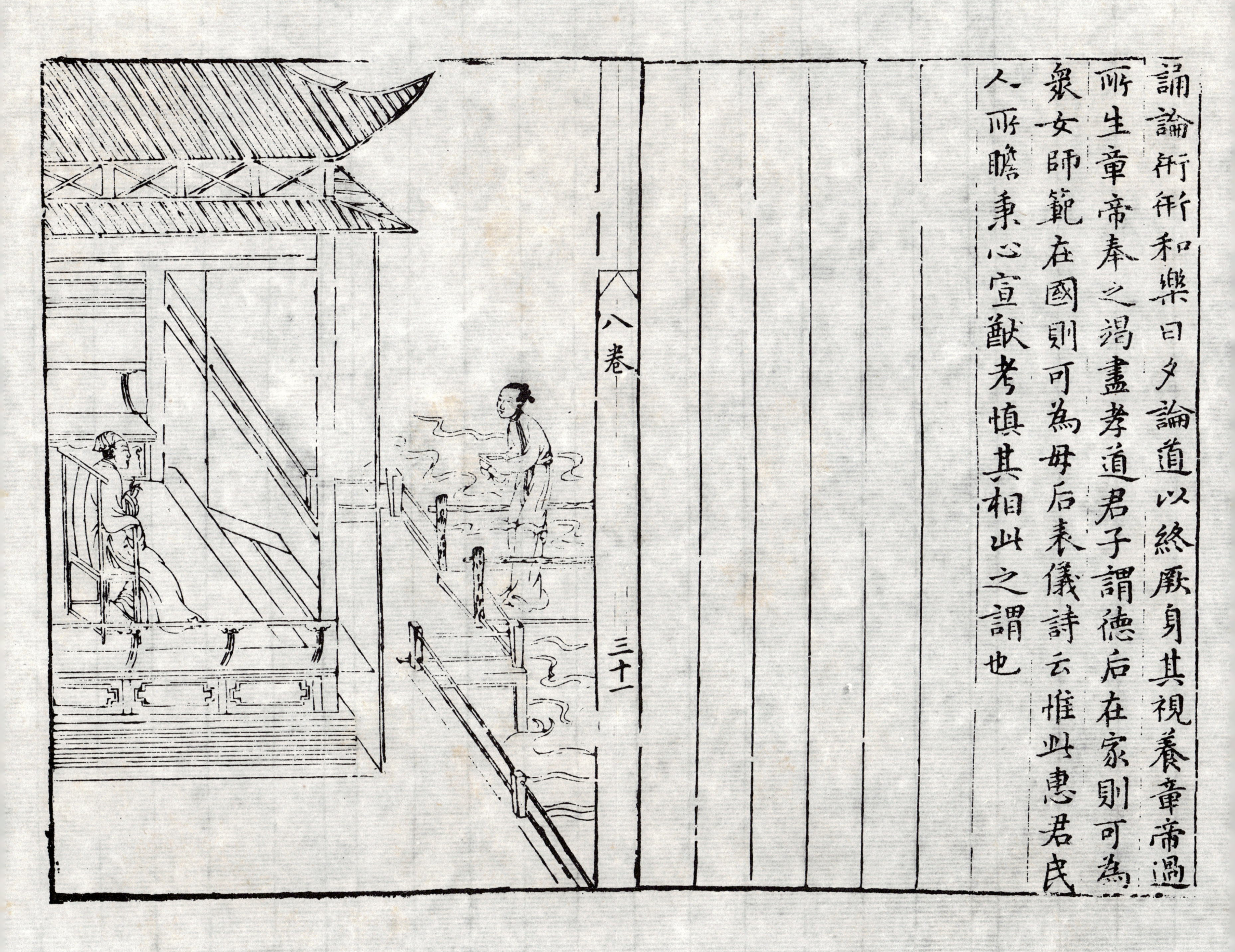

梁夫人嫕

梁夫人嫕者梁竦之女樊調之妻漢孝和皇帝之姨恭懷皇后之同產姊也初恭懷后以選入掖庭進御于孝章皇帝有寵生和帝立爲太子竇皇后母養焉和帝之生梁氏喜相慶賀聞竇后竇后驕恣欲專恣害外家乃誣陷梁氏時竦在本郡安定詔書收殺之家屬移九真後和帝立竇后崩諸竇以罪惡誅放嫕從民閒上書自訟曰妾同產女弟貴人前充後宮蒙先帝厚恩得見龍乘皇天授命育生明聖托體陛下爲竇憲兄弟所譖訴而破亡父竦冤死牢獄體骨不掩

耳今老母孤弟遠徙萬里獨妾脫身竄伏草野常恐歿命無由自達今遭陛下神聖之德攬統萬里憲兄弟奸惡伏誅海内曬然各得其所妾幸蘇息我目更視敢昧死自陳父既湮沒不可復生母垂年七十弟棠等遠在絕域不知死生願乞母弟還本郡收葬竦枯骨妾聞文帝即位薄氏蒙達宣帝紀統史氏復興妾自悲既有薄史之親獨不得蒙外戚餘恩章疏上天子感悟使中常侍掖庭令襍訊問知事明審引見應對上泣涕賞賜義姊嫕既美有節行又首追比事上甚善之稱梁夫人擢嫕夫樊調爲即中遷羽林郎

將恭懷后喪乃改殯于承光宮葬西陵追謚竦為褒
親愍侯徵還母及弟妹及昆到乃封侯食邑三千戶
君子謂梁夫人以哀辭發家開悟時主榮父之靈還
母萬里為家門興三國之祚使天子敘母子之禮詩
云世之不顯厥猶翼翼思皇多士生此王國此之謂
也

劉向古列女傳卷之八終

图书在版编目（CIP）数据

古列女传 /（汉）刘向撰；（汉）班昭增补．—影印本．—北京：中国书店，2013.8

（中国书店藏珍贵古籍丛刊）

ISBN 978-7-5149-0805-3

Ⅰ.①古…　Ⅱ.①刘…②班…　Ⅲ.①女性—名人—列传—中国—古代　Ⅳ.①K828.5

中国版本图书馆 CIP 数据核字（2013）第 119175 号

ISBN 978-7-5149-0805-3

中國書店藏珍貴古籍叢刊

古列女傳　附　續列女傳

一函四册

作者　漢·劉向撰　漢·班昭增補

出版發行　中國書店

地址　北京市西城區琉璃廠東街一一五號

郵編　一〇〇〇五〇

印刷　金壇古籍印刷廠

版次　二〇一三年八月第一版第一次印刷

書號　ISBN 978-7-5149-0805-3

定價　一二〇〇元